Anonymos

Der Volkswitz der Deutschen ueber den gestuerzten Bonaparte

Anonymos

Der Volkswitz der Deutschen ueber den gestuerzten Bonaparte

Inktank publishing, 2018

www.inktank-publishing.com

ISBN/EAN: 9783750134706

Der

Volkswitz der Deutschen

über den

gestürzten Bonaparte,

seine Familie und seine Anhänger.

———

Zusammengestellt

aus

den 1813 und 1814 erschienenen Flugschriften,

und mit besonderer Bezugnahme

auf die

Napoleoniden der Gegenwart

neu herausgegeben.

———

Zwölftes Bändchen.

———

Stuttgart, 1850.

Verlag von J. Scheible.

I.

Franzosen!

packt in Deutschland ein und geht nach London!
oder werdet Spartaner!

Germanien, 1797.

Dedication

an

Se. Waffer-Majeftät.

Großer Neptun!
Mächtiger Pofidon!

Ob ich zwar nicht so glücklich bin, Deiner
Majeftät von Person bekannt zu sein, inmaßen
ich noch niemals die Meere durchschiffet, wo ich,
zu meinem beffern Fortkommen, Deines Paffes
benöthigt gewesen wäre: so hat doch mein großer
Ahnherr, der Connetabel von Ypfilon (Gott habe
ihn selig!), in seinem der Familie zurückgelaffenen
großen Receptbuch mich verleitet, Deiner Maje-

stät diese Schrift zu dediciren. Er theilt sein Receptbuch in zwei Theile, in deren ersterem er die Mittel zur Cultur des Geistes vorzeichnet, und darin jeden aus seiner Familie auffordert, Bücher zu schreiben, und solchen großen Herren allemal zu dediciren, denn diese sorgten sodann für das weitere Fortkommen des Autors, wie für ihre Pathen.

Wiewohl ich nun weiß, daß Deine Wasserminister, die alle von den Engländern bestochen sind, schon dafür sorgen werden, daß diese kleine Schrift nicht unter Deine Augen komme, sondern noch auf dem Continent confiscirt werde, so traue ich doch dem weit um sich sausenden Eolus zu, daß er sie durch seine Winde Deiner Majestät über's Meer zuführen werde.

Du wirst daraus ersehen, wie erbärmlich Deine Lieblinge, die Engländer, mit dem festen Lande umgehen — wenn ich Dir nun vollends klagen muß, wie verächtlich sie einen Deutschen, sollte er auch Fürst sein, über die Achsel ansehen, und sich nicht mehr der alten Sachsen erinnern, welche der christliche Glaube in Britannien erst gesittet machte, nicht zurückdenken, wie ihr allererster Handel sich auf die Zinnbergwerke in den Cassideriden-Inseln meistens einschränkte, die der phönicische Midakritus entdeckte, und wovon die Niederlage nachher auf die Insel Whigt, ehe sie noch im VIII. Jahrhundert durch eine Meerenge, die nunmehr 3 Meilen breit ist, ganz von England abgerissen wurde, verlegt war, nicht mehr an die römische Eroberung denken, wodurch die Briten um ihre Freiheit kamen, ehe sie solche durch die Sachsen wieder erlangten, sondern Deutschlands Handel durch ihre jetzige Herrschsucht auf allen

Meeren, nach den Beweisen des in diesem Fach
wohlbewanderten Herrn Professors Büsch in Hamburg, unglaublich drängen und zerstören. Wenn
Du, großer Posidon! ferner bedenken willst, daß
die Handelsschaft mit der Wohlfahrt des menschlichen
Geschlechts unzertrennlich verwebt ist, daß Alles,
was im Handelswesen gethan oder unterlassen wird,
einen unmittelbaren Einfluß auf das Wohl und Wehe
eines ganzen Staats und seiner Nachbarn hat, und
daher der Handel ein Stifter des Kriegs und Friedens, mithin ein Gegenstand der Staatskunst geworden ist, so kannst Du unmöglich diesem Unheil
länger zusehen.

Wenn Du daher das kühne Volk der Franzosen
gegen die Ufer der stolzen Themse wirst hinsegeln
sehen, um die Arsenale und Schiffswerfte der britischen Monopolhändler zu zerstören, o! so beschütze
jene mit Deinem Dreizack und hilf ihnen glücklich
landen.

Sobald sie aber mehr thun, als dieses — sobald sie sich in die wohlthätige britische Constitution
mischen — sobald sie das Gift ihrer revolutionären
Grundsätze auch in Britannien ausbreiten — sobald
sie das Blut der Unschuldigen und Unbewaffneten
nicht schonen, nicht der Menschheit huldigen — sobald sie das britische Diadem, ich meine den
König und seine königliche Familie, antasten — sobald sie ihre Rache an dem staatsklugen, unerschütter-
lichen Minister Pitt, der troß seiner britischen und
deutschen Feinde, immer groß bleiben und noch
größer werden wird, wenn er seine vaterländische
Constitution von ihren Schlacken nach dem Frieden
säubern wird — sobald sie, sage ich, an dem ihre
Rache ausüben wollen, unter dem Albions Flaggen
mit Ruhm und Ehre wehen, was auch britische und

deutsche Schwärmer auf ihren Schildwachen *) dagegen sagen und lästern mögen, dann, mächtiger
Posidon! dann zerschmettere der Franzen Schiffe
an den Felsen und Seeklippen der Meere, und
peitsche das Meer mit Deinem Dreizack, daß die
Fluthen über die Feinde der Menschheit zusammen-
schlagen und die Trümmer ihrer Flotten allen Nationen verkündigen, daß auch auf den Meeren Gerechtigkeit herrsche.

Zu ihrem Aussegeln aber gegen die Ufer der
Themse gib auch Du, weitsausender Colus! wie
Du einst dem Ulysses thatest, als er aus Colien
reiste, auch den Franzosen Häute mit, worin die
Winde eingeschlossen sind, und laß nur jenen Wind
brausen, der die englischen Schiffe am Auslaufen
hindert.

Und Du, mächtige Zauberin Circe! nimm
die Verunglückten so liebreich auf, wie Du Deinen
Liebling, den Ulysses, einst auf Deiner Insel auf-
nahmst, als er nach Ithaka zurückkehrte. Sie werden Dir — die kräftigen Franzmänner — (denn in
Deutschland haben sie es unter vielfachen unmensch-
lichen Excessen bewiesen) mehr als einen Telegonus
erzeugen.

Und nun, nachdem ich alle Meeresgötter und
Zauberinnen für das bedrängte Deutschland aufgefor-
dert, lege ich meinen Kiel in Demuth vor Deiner
Majestät nieder.

Sollte ich noch einst, nach meinem sehnlichsten
Wunsch, Dein Meergebiet befahren, so siehe mit
gnädigem Blick auf mein Schifflein und meine
Wißbegierde, und laß mich, nicht bereichert mit
Indiens Schätzen, sondern mit Wissenschaften und

---

*) S. Rebmann in seiner Schildwache.

Kenntnissen, glücklich wieder in Ithaka landen. Dieses bittet in Unterthänigkeit von

Deiner Wasser-Majestät

Ein deutscher Patriot.

Einleitung.

Wenn der Druck der Menschheit überall fühlbar wird, wo man nur hinsieht; wenn auf dem festen Lande der Krieg mit all seinen gefährlichen Begleitern, dem Mangel und der Theurung, der Viehseuche und dem Hunger wüthet, wenn man unter den Lebensbedürfnissen, deren unzählige über's Meer kommen, die zum Theil ganz unentbehrlich sind, ebenfalls die Steigerung der Preise von Zeit zu Zeit fühlen und die Haupturfache darin suchen muß, weil der Alleinhandel zur See in den Händen der Engländer ist; wenn nun solchergestalt, da die Meere gesperrt sind, auch Handel und Wandel für den Kunst- und Erwerbfleiß gehemmt ist; wenn solchem nach keine Einnahme für die mittlere und niedere Klasse der Europäer zulangen will, um große und kleine Familien zu ernähren; wenn der Wohlstand so vieler derselben von Zeit zu Zeit immer mehr abnimmt, die Thränen und Seufzer der Nothleidenden hingegen immer häufiger fließen — wem soll, im Gefühl dieses Menschendrucks, nicht der Busen hoch empor schwellen vom Unwillen gegen die Urheber desselben? Wem soll dieses Joch der Sclaverei. worunter jetzt besonders Deutschland seufzet, nicht

unerträglich werden? Wem ist der abgedrungene
Wunsch zu verdenken, diese Fesseln zu zerbrechen,
und den Störern der Ruhe, sowohl auf dem Con=
tinent, als auf den Meeren, alle Kräfte der Seele
und des Körpers, alle Erfindsamkeit entgegen zu
setzen und aufzubieten, um ihrer Wuth, ihrem
Uebermuth und ihrem Wucher ein Ende zu machen.

Sei es Krone oder Republik — wer so gefühl=
los ist, den Erdboden in ein solches unübersehliches
Elend, theils durch Mord oder Blutvergießen, theils
durch Eigennuß und tyrannischen Monopolhandel
zu setzen, dem diene die Wahrheit, die lautgesagte
Wahrheit zum Spiegel und zum Besinnen. Jedes
Individuum ist befugt, sie zu sagen, denn jedes
Individuum fühlt den Druck dieses durch Menschen
erzeugten Elends zu sehr, als daß es sclavisch schwei=
gen sollte.

Wenn Gott und die Natur ihre Vorrathskam=
mern so mildthätig, so ausreichend in einem Lande
öffnen, Menschenhände aber verwüsten und entleeren
sie kaltblütig zum Verderben ihrer Mitmenschen,
dann trauert selbst die Natur über ihre ausgearteten
Kinder und klagt laut über den Mißbrauch, über
die Verachtung ihrer Wohlthaten.

Wem soll sodann eine Märtyrerkrone nicht sein
Stolz sein?

Ist dem Bauernstande nun zu verdenken, wenn
er, nachdem ihm sein Geld, sein Vieh und all sein
Eigenthum genommen, seine Hütten verbrannt, seine
Weiber und Kinder entehrt und geschändet sind,
wenn er, da ihm sein Leben nun zur Last wird,
mit kaltem Blut sich in tausend gezückte Schwerter
wirft? Ist es dem Schriftsteller zu verargen, wenn
er hinter seinem Schreibtisch das Wehklagen seiner
Familie ohne Hülfe anhören — sich selbst verzehren

sehen muß, daß er endlich die trockene Wahrheit laut in die Welt posaunet, in Hoffnung, daß endlich noch ein mitleidig Ohr sich der Stimme der schreienden Menschheit öffnen und der Billigkeit Gehör geben werde?

Sollte denn die Menschheit so ganz ausgeartet sein, daß auch darüber der Despotismus seinen drohenden Finger erheben könnte? Sollte es nicht mehr erlaubt sein, die Wahrheit seines erleidenden Elends zu klagen und die Urheber desselben laut zu nennen? Dieß will ich, zur Ehre der Menschheit, niemals glauben, sonst möchte ich diese Schande nicht überleben, denn alles Gesagte ist die offen liegende Wahrheit. O goldner Friede! kehre zurück in die Paläste der versprengten Großen, in die Hütten der verarmten Kleinen. Nach Dir seufzet der Säugling wie der Mann, der Monarch wie seine Unterthanen, der Feldherr wie seine Krieger. Genug ist des Blutes vergossen, daß der Erdboden in Strömen eingesaugt. Genug hat das Schwert gewüthet durch die trauernden Fluren. Genug sind der Millionen verschwendet, die unerhörte Habsucht geraubt. Die schönsten Denkmäler des grauen Alterthums sind zerstört. Die Pracht der Kunst und des Geschmacks ist verwüstet. Auf den Trümmern der stolzen Baukunst ruhet die Schande der Zerstörer mit hohnlächelndem Blick. Unterm Schutt der Paläste seufzet die Asche der Erschlagenen, und in den Gruben verscharrter Leichname rangen Halblebende sich noch die Hände, bis sie die gequälte Seele hülflos heraushauchten. Noch die Asche der Todten wurde in den Gräbern gerüttelt, und entweder geschändet oder zur Ehre des Pantheons erhoben, wie es die Willkür des tobenden Fanatismus entschied. Tempel und Altäre wurden entweiht und eine feile Zofe als Göttin der Vernunft darin verehrt. — Selbst die Existenz eines Gottes wurde persiflirt. — Kann die Ruchlosigkeit des verblendeten Sterblichen sich noch ein Mehreres erlauben? Oder ist die Rache des Feindes noch nicht gesättigt? Soll das Schwert noch ferner rauchen vom Blute der Unschuldigen und der Bittenden? Sollen die Fluren noch nicht ruhen vom Fußtritt der Verheerer? vom Hufschlag des tobenden Rosses, dessen Reiter die reifenden Halme durchwühlte? Sollen die Scheuern des Landmanns sich nicht wieder öffnen, zu empfangen und zu verwahren die Früchte der wohlthätigen Natur?

Soll der Hunger von der bleichen Wange des abgehärmten Landmanns noch nicht weichen? Sollen die Dünste des Mobers sogar die Luft noch verpesten? Soll erst die gräßlichste aller Landplagen dem Krieg ein Ende machen? Oder soll die Sonne erst verlöschen, um dem Blutvergießen die Grenzlinie zu geben? Beinahe scheint es, als wenn die Krieger dieß Wunderwerk dem Weltbeherrscher erst abnöthigen wollten.

Kehre wieder, goldner Friede!
Mit der Palme in der Hand;
Gib im letzten Siegesliede,
Ach! gib Ruhe jedem Land;
Laß den Dankgesang dir dann gefallen,
Den die Tempel Gottes wiederhallen.

I.

Packt in Deutschland ein.

Die fruchtbare Natur scheint bei Hervorbringung eines großen Genies mit tiefem Nachsinnen zu verweilen und bei den übrigen Wesen nur ein Spiel zu treiben.

Beinahe sollte man glauben, in Frankreich wäre es umgekehrt, da aus der niedersten Klasse von Menschen, oder aus solchen, die kurz vorher noch Unteroffiziere oder Gemeine waren, die größten und glücklichsten Generale hervortreten, und wenn diese zu Hunderten fallen, eben so viel Hunderte an ihrer Stelle wieder emporkommen, die mit gleichem Glück und gleicher Geistesstärke den Commandostab führen, Alpen und Pyrenäen ersteigen, über große und kleine Flüsse mit künstlicher Behendigkeit setzen, und Festungen kaum Zeit zum Besinnen lassen, um sich zu ergeben.

Ist dieß Uebergewicht von Genie? oder was ist es?

In Frankreich so wenig, als in Deutschland, erzeugt jede Decade, ja kaum jedes Jahrhundert, einen Marschall von Sachsen, einen Turenne, einen Condé, einen Luxemburg, einen Folard, einen Eugen, einen Friedrich II., einen Prinz Heinrich, einen Herzog von Braunschweig, einen Prinz von Coburg, einen Clairfait, einen Thielke.

Immer bleiben Genies in der Kriegskunst seltene Steine in den Diademen der Monarchen, und sie werden immer seltener werden, wenn sie den — an Höfen gewöhnlichen Cabalen so oft unterliegen müssen, wenn der Glanz des Purpurs den Glanz der Verdienste verdunkeln darf.

Was ist es denn also, wodurch in Frankreich Generale so schnell gebildet werden? Ist es bloß der Enthusiasmus der Freiheit, oder das Clima? Beides möchte zwar dazu beitragen. Aber das Studium der alten Geschichte der Griechen und Römer, das in Schriften aufbehaltene Vorarbeiten ihrer Helden der Vorzeit, welches sorgfältig in den Archiven verzeichnet und aufbewahrt liegt; das fleißige Studium dieser Denkmäler läßt den vormaligen National-convent und das jetzige Directorium die Lagen der Rhein- und anderer Länder, wo ihre Vorfahren gekämpft, gesiegt und verloren haben, bis auf die geringsten Sümpfe kennen, läßt sie die Fehler ihrer Vorfahren vermeiden und ihre kühnen Manöver nachahmen.

Die kluge Wahl ihrer hiernach instruirten Generale, wenn die Franzosen durch Deutsche Deutschland, und durch Italiener Italien bekriegen lassen, gibt ihnen ohnstreitig auch wesentliche Vortheile zum Uebergewicht, und endlich entflammt den gemeinen Soldaten der Drang des Mangels innerhalb ihres Vaterlandes, die Hoffnung zu großen Reichthümern durch Rauben und Plündern außerhalb desselben, der Enthusiasmus der Freiheit und der Kitzel der Ehrbegierde, nicht durch den Stock, wie deutsche Knechte, gestraft zu werden, zu heroischen Thaten.

Alle diese Gründe zusammengenommen, vielleicht auch der Druck des Deutschen unter manchem Despoten, der daraus strömende Ueberfluß an Spionen, und die sichtbare Disharmonie unter ihren verbündeten Feinden, gab ihnen bisher so oft das unbegreifliche Uebergewicht über die tapfern Schaaren der Deutschen, wenn auch vorgebliche Verrätherei, wovon man bei den Franzosen kein Beispiel weiß, nicht mit in Anschlag gebracht werden will.

Noch glücklicher, noch weit umgreifender würden die Vorschritte der Franken gewesen sein, wenn sie ganz die Regeln und Vorschriften ihres großen erfahrenen Feldherrn der Vorzeit, des Grafen von Sachsen (eines Deutschen zur Ehre der Deutschen) befolgt hätten, der *) den Rath gibt,

"nicht zu plündern, und wenn man die Contributionen durch Furcht beitreiben und mit Brand drohen muß, nur ein abgelegenes Haus anzuzünden."

Wenn sie ihrem ersten Aufruf:

"Friede den Hütten!"

und

"Krieg den Palästen!"

treu geblieben wären, nicht Unbewaffnete gemordet, nicht geplündert, vielmehr das Eigenthum beschützt, und sich bloß mit den Requisitionen ihrer Bedürfnisse begnügt, nicht Ueberfluß gefordert, und den Ueberfluß aus Muthwillen nicht verdorben, nicht Wein und Bier, wenn sie den Feind noch dazu vor sich herjagten, aus Uebermuth in die Keller hätten laufen lassen, die ihnen überflüssig gewesenen Betten und Leinen nicht vor den Augen der Eigenthümer verbrannt, nicht das weibliche Geschlecht viehisch mißhandelt und, nach gestillter Wollust, noch dazu verstümmelt und getödtet hätten, so würde es ihnen leicht geworden sein, sich zu Herren von ganz Deutschland zu machen, denn leider! war der deutsche Patriotismus beinahe aller Orten so erkaltet, und der dumme Pöbel vom Freiheitsschwindel so verblendet, daß er sich lauter goldene Zeiten träumte, zum Verräther an seinem eigenen Vaterlande wurde, seiner Obrigkeit Hohn sprach und den fast allge-

---

*) S. dessen Kriegskunst, 2. Bd. 1. Hauptstück S. 169.

meinen Wunsch laut äußerte, den kommenden ver=
meintlichen Errettern in die Arme zu fallen.

Zum Glück für Deutschland aber verkannten die
Franzosen ihre eigenen Vortheile und ließen sich
zu allen den Greueln der Verwüstung hinreißen,
die noch die späteste Nachwelt verabscheuen wird.

Zwar darf man jene nicht ihren Generalen bei=
messen, denn diese, z. E. der General Jourdan und
le Fevre, haben in ihren, manchen Fürsten Deutsch=
lands ertheilten Schutzbriefen deutlich gezeigt, daß
sie alle dergleichen übertriebene Excesse nicht nur
mißbilligen, sondern auch zu bestrafen gedroht und
wirklich bestraft haben.

Allein! es fehlte an Subordination. Zur Ehre
muß man es ihnen nachsagen, daß sie manchen
Excessen, manchen Plünderungen, wozu nur das
dritte Signal noch fehlte, mit Manneskraft noch
vorgebeugt haben. Dennoch konnten sie dem Cha=
rakter ihrer Nation nicht überall Einhalt thun, und
so ist es leider! geschehen, daß viele tausend Fa=
milien in Deutschland im äußersten Elend schmach=
ten; und eben so viel Hausväter den Ruin ihrer
Familien nicht überlebt haben.

Was nützt alle Aufklärung unter der französischen
Nation, wenn sie nicht einmal so viel bewirken
konnte, den Krieg menschlich zu führen, der Unschuld
zu schonen, und die natürlichen Folgen des Kriegs
nicht bis zur Unmenschlichkeit und Fühllosigkeit noch
zu vergrößern?

Wollte man mich vielleicht einer Uebertreibung
hierin beschuldigen, so will ich selbst das Pariser
Tagblatt für mich reden lassen.

Sogar aus Paris vom 21. Juni 1796 wurde
Folgendes geschrieben:

„Der Verfaſſer des hieſigen Tagblattes läßt in ſeiner letzten Nummer durch einen gewiſſen Duroi folgende Bemerkung über Frankreichs gegenwärtige Lage machen:

„Die Republik iſt: Traumbild; die fünfherrige Conſtitution ein gotbiſches Gebäude, auf Sand gebaut, das von ſelbſt einſtürzen wird. Der Stolz auf eure Triumphe iſt eben ſo vergeblich, als der Schrecken, den ihr durch eure Waffen unter den Völkern verbreitet, denen ihr durch eure Verbrechen Abſcheu und Entſetzen eingeprägt habt; unzählige Zerſtörungskeime trägt die Republik in ſich ſelber.

Unſinnige! ihr wollt die Erfahrung aller Jahrhunderte und alle Weiſen der Welt zu Lügnern machen. — Nur noch eine kurze Zeit, und ihr, Republikaner! werdet, ermüdet, nach einem Luftbilde zulaufen, auf den Trümmern eurer Städte die unglücklichen Folgen eurer Neuerungswuth betrachten, und mit Thränen eure ehemalige Glückſeligkeit zurückrufen — — — — Ihr verwilderte Menſchen! die ihr ſeit langer Zeit kein anderes Recht, als das Recht des Stärkern kennet, ihr, die ihr faſt allgemein den Namen Gottes für eine Lächerlichkeit haltet, ihr könnet nicht eher zur Tugend zurückkehren, als bis ihr Jahrhunderte in Barbarei gewandelt habt!" —

Mit dieſem Zeugniß eines geborenen Franzoſen will ich mich bewaffnen, wenn ich ſage, daß Deutſchland die Folgen dieſer Barbarei Jahrhunderte fühlen wird. —

Aber! was thaten euch denn, Franzoſen! die

XII. 2

guten biedern Deutschen? Woduch verschuldeten
sie solche namenlose Mißhandlungen?

Habt ihr denn schon vergessen, was ein Herzog
Moriz von Sachsen um euren Heinrich III., was
ein Herzog Bernhard von Weimar und die andern
deutschen Fürsten der evangelischen Union für Me=
riten um eure ehemalige Monarchie hatten, als ein
Carl V. in Oestreich, ein Philipp II. in Spanien
sie verschlingen wollten?

Erinnert ihr euch nicht mehr des Grundsatzes
eures ehemaligen großen Ministers unter Lud=
wig XIII., des Cardinals Richelieu, der gar wohl
einsah, daß von Deutschlands Unabhängigkeit die
Sicherheit Frankreichs dependire, der seinem Plane
treu blieb, die Freiheit der deutschen Fürsten zu
sichern, und Frankreichs Ruhe und Sicherheit nicht
in Eifersucht erregenden Eroberungen, sondern in
der Erhaltung Deutschlands zu suchen? Und Neu=
linge in der Staatskunst wollen jetzt diesen politischen
Grundsatz mißkennen, wollen ihn untergraben und
just das Gegentheil zu ihrer Politik machen? wollen
einen Plan verlassen, dessen Frucht, nach einem
dreißigjährigen Krieg, der wohlthätige westphälische
Friede war, der die Verfassung von Deutschland
und die Freiheit von ganz Europa befestigte, der,
nach einer weit umfassenden systematischen Politik,
den Grund zum fast erloschen gewesenen Gleichge=
wicht von ganz Europa legte. — Diesen Plan wol=
len jetzt die Bildner einer Republik ganz außer
Augen setzen?

O! wie weit entfernt ihr euch von eurem Ziele!
wie bald werdet ihr es noch bereuen!

Euch vom Gegentheil zu überzeugen, euch zum
alten Grundsatz eures Richelieu zurückzuführen,
durchlauft mit mir in gedrängter Kürze die Ge=

schichte eures Vaterlandes von Hugo Capet an
bis zum westphälischen Frieden, wodurch
erst Frankreichs politische Existenz gesichert wurde.

Nach dem Tode Ludwig's des Trägen, dem
letzten König von dem Carolingischen Stamm, im
Jahr 987 bestieg Hugo Capet, Graf von Paris,
den Thron Frankreichs. Er ließ Carl von Loth-
ringen, des verstorbenen Königs Oheim und letzten
Prinzen aus Carl's des Großen Geblüte, gefangen
setzen. Carl starb im Gefängniß und Hugo Capet
brachte die Krone auf seine Nachkommen, bis zu
der jetzigen, in Frankreich ausgebrochenen großen
Staatsrevolution, das heißt bis zur Guillotinirung
Ludwig's XVI.

Schon sein Sohn, Robert der Weise, spielte
eine minder glückliche Rolle. Weil er sich mit seiner
Base Bertha vermählt hatte, so ward er vom
Papst Gregorio V. in den Bann gethan, welches
nach den damaligen bigotten Begriffen einen solchen
üblen Eindruck auf die Franzosen machte, daß selbst
die Höflinge und Bediente des Königs ihn verließen,
und man sogar die Schüsseln und Trinkgeschirre,
deren er sich bedient hatte, in das Feuer warf, um
sie wieder zu reinigen.

Im Jahr 1077 fingen die Kriege mit England
an, durch welche Wilhelm der Eroberer, der, als
Herzog der Normandie, ein Vasall von Frankreich
war, sich zum allgemeinen Erstaunen von Europa,
ohne Widerspruch irgend einer Macht, auf den eng-
lischen Thron schwang. Erst nachher erregte die
Eifersucht zwischen England und Frankreich in der
Folgezeit so vielfältige Kriege, welche unter der
Regierung Ludwig's VII. des Jungen, Königs in
Frankreich, fast unaufhörlich fortdauerten. Dieser
Prinz ließ sich unbedachtsamer Weise von seiner

2 *

Gemahlin Eleonora, Erbin von Guienne und Poitou scheiden, worauf sich diese Prinzessin im Jahr 1152 mit Heinrich II. vermählte, der nachher König von England wurde, und bereits die Normandie, Bretagne nebst den Grafschaften Anjou, Touraine und Maine in Besitz hatte. Eleonora brachte ihm noch Guienne, Gascogne und Poitou als ein Heirathsgut zu, wodurch die Engländer beinahe über die Hälfte von Frankreich Meister waren.

Philipp August, Ludwig des Jungen Sohn und Nachfolger, unterließ nichts, ihre Macht, die ihm zu groß und furchtbar schien, zu schwächen. Er führte gegen den König Johann ohne Land nachdrückliche Kriege und schlug desselben Bundesgenossen Otto IV. in einem bei Bouvines in Flandern im Jahr 1214 vorgefallenen Treffen.

Ludwig VIII., der nach Philipp August zur Regierung kam, nahm den Engländern verschiedene Provinzen weg und that sich in dem Krieg gegen die Albigenser besonders hervor.

Sein Sohn und Nachfolger, Ludwig IX., der nachmals unter dem Namen Ludwig der Heilige bekannt wurde, regierte mit vielem Ruhm. Er zeichnete sich durch seine Tugenden und guten Eigenschaften eines Staatsmannes mehr, als durch seine Tapferkeit im Kriege aus, denn seine unternommenen Kreuzzüge liefen unglücklich für ihn aus.

Bisher hatte man zwischen Frankreich und England nur über gewisse Landschaften gestritten. Nun aber fing die Periode an, wo die Könige von England, nach dem Recht der Erbfolge, das ganze Königreich Frankreich in Anspruch nahmen. Eduard III. König von England, machte diesen Anspruch von Seiten seiner Mutter Isabella, Philipp's des

Schönen, Königs in Frankreich, Tochter. Dieser durch den heftigen Streit mit dem Papst Bonifacius VIII. und durch die Vertilgung der Tempelherren in der Geschichte so bekannte König hinterließ drei Söhne, Ludwig X., Hutin genannt, Philipp den Langen und Carl den Schönen, welche, einer nach dem andern, den Thron bestiegen. Da nun diese drei Könige alle ohne männliche Erben gestorben, erlosch mit ihnen der alte Capetingische Stamm der Könige von Frankreich.

Die Thronfolge kam auf die Seitenerben. Der nächste Verwandte männlicher Linie war Philipp von Valois, Neffe Philipp's des Schönen.

Da dieser Herr im Jahr 1327 auf den Thron kam, so fand er an Eduard III., König von England, einen Mitwerber, welcher, als Philipp des Schönen Enkel, den Vorzug vor desselben Neffen verlangte. Eduard hatte aber einen sehr alten, unter dem Namen des Salischen Gesetzes in Frankreich bekannten Gebrauch gegen sich, vermöge dessen die weibliche Linie allezeit von der Regierung ausgeschlossen war. Dieses Gesetz aber verhinderte Eduard nicht, den Titel und die Wappen von Frankreich anzunehmen, welches beides seine Nachfolger bisher noch immer behalten haben.

Im Jahr 1338 kündigte er Philipp von Valois den Krieg an. Dieser dauerte beinahe so lange, als Philipp regierte, und ging unter den Nachfolgern dieser zwei Herren oftmals wieder von Neuem an. Kaum war ein ganzes Jahrhundert hinreichend, diesen Streit beizulegen, der so viel Blut kostete und unter beiden Nationen einen unversöhnlichen Haß stiftete.

Unter der Regierung Carl's VI. ging es Frankreich hauptsächlich am allerunglücklichsten. Der König war wegen der Schwachheit seines Verstandes und Mangels an guten Ministern untüchtig und ohnmächtig, der Hof unter die Prinzen von Geblüt getheilt, welche einander die Regierung streitig machten. Der Herzog von Orleans kam durch den Herzog von Burgund um das Leben, und dieser durch den Dauphin.

Der Dauphin wurde von seiner eigenen Mutter verfolgt, welche durch einen im Jahr 1400 zu Troye gemachten Vertrag dem König von England ihre Tochter zur Ehe gab und ihm die Nachfolge auf den französischen Thron, den sie ihrem eigenen Sohn wegnahm, versicherte. Dieser unter dem Namen Carl VII. bekannte Sohn bestieg nachgehends den Thron und jagte die Engländer, nach vielen über dieselben erfochtenen Siegen, im Jahr 1453 aus ganz Frankreich, ausgenommen die Stadt Calais und die Grafschaft Guines, welche ihnen noch einige Zeit lang blieb.

Dieß ist der eigentliche Zeitpunkt, da Frankreich, durch die Wiedereroberung aller von den Engländern in diesem Königreich inne gehabten Landschaften, wieder emporstieg.

Im Jahr 1618 entstand, bei Gelegenheit der böhmischen Unruhen, der dritte Religionskrieg in Deutschland, welcher unter den Kaisern Ferdinand II. und Ferdinand III. dreißig Jahre lang sich über einen großen Theil Europa's erstreckte. Auf einer Seite sah man den Kaiser, die katholischen Staaten in Deutschland und den König in Spanien; auf der andern aber Frankreich, Dänemark, Schweden und die protestantischen Staaten des Reichs im Streit verwickelt.

Nachdem die französischen und schwedischen Waffen den Sieg erhielten, so war die Gegenpartei

genöthigt, den im Jahr 1648 zu Münster und
Osnabrück in Westphalen geschlossenen Frieden
zu unterzeichnen. Dieser Friede wurde eines der
heiligsten und unverbrüchlichsten Gesetze des deutschen
Reichs, und der wahre Schutz der bürgerlichen und
geistlichen Religionsfreiheit der Fürsten und Stände
des Reichs.

Frankreich erlitt während dieser Perioden merk=
würdige Veränderungen: vor Zeiten waren die Pro=
vinzen des Königreichs unter einer gewissen Anzahl
Herren vertheilt, die man Pairs nannte, und die
als Vasallen unter dem König standen, im Grund
aber eben so viel kleine Könige waren. In ihrem
Bezirk hatten sie die Oberherrschaft und ihre Lande
machten sie erblich. Den Königen blieb, so zu sagen,
die Isle de France allein übrig, und sie lebten von
den Einkünften ihrer Domänen. Aus eigener Macht
vermochten sie nichts zu unternehmen, und in allen
Sachen, auch von der geringsten Wichtigkeit, welche
die allgemeine Regierung des Königreichs angingen,
mußten sie die Stände versammeln und sie um ihre
Meinung befragen. Während dieser Periode aber
gewann in diesem Königreich Alles eine andere
Gestalt.

Die Pairien, das heißt, die Herzogthümer und
Grafschaften, mit welchen die Würde der Pairs
verknüpft war, wurden nach und nach entweder durch
das Recht der Erbfolge, oder durch das Recht der
Eroberung mit der Krone vereinigt. Unter allen
Königen hatte keiner deren mehrere zusammengebracht,
als Carl VII. Nachdem er die Engländer aus Frank=
reich verjagt hatte, bemächtigte er sich aller von
ihnen im Besitz gehabten Länder. Auf diese Art
wurde das Ansehen der Könige immer größer, je
mehr Zuwachs ihre Domänen bekamen. Die Ge=

walt und Freiheiten der Reichsstände wurden hingegen nach Maß der ersteren immer kleiner.

Dieses Ansehen der Könige fing an, uneinge-
schränkt zu werden, seitdem Carl VII. den Gebrauch
der regulirten Kriegsvölker, unter dem Namen der
Haustruppen (compagnies d'ordonnance) eingeführt
hatte. Sein Sohn Ludwig XI., ein Herr von
großer Einsicht und schlauer Verstellung, befestigte
solches durch seine Staatsklugheit und ausgesonnene
List, welche nur auf die Erniedrigung der Großen
abzielte. Da die Nachfolger dieses Königs fort-
fuhren, stehende Kriegsvölker zu halten, so wurde
die Zusammenberufung der Vasallen unnöthig, und
die Lehensregierung kam in Verfall. Es verursachte
aber der Unterhalt dieser Kriegsvölker die Nothwendigkeit der Auflagen, die man vorher nicht
kannte. Dazu hatte der Vasall sowohl als der
Bauer das Seinige beizutragen. Da nun in der
Folgezeit die Anzahl der Kriegsvölker verstärkt
wurde, wurden die Anlagen auch vermehrt und
die Einkünfte des Staats von Tag zu Tag beträcht-
licher, so daß Frankreich, welches gegen Ende der
vorigen Perioden beinahe den Engländern zur Beute
geworden wäre, in dieser das mächtigste und vornehmste Königreich in Europa wurde.

Hieraus ergibt sich, daß die umgestürzte Lehens-
verfassung dem Volke mehr lästig als nützlich war,
die Macht und Königswürde aber hierdurch großen
Zuwachs bekam.

Auf die Kriege gegen die Engländer, welche
Frankreich vormals beunruhigt hatten, folgten die-
jenigen, die in Italien und gegen das Haus Oest-
reich geführt worden. Die ersten nahmen ihren
Anfang unter Carl VIII., Ludwig's XI. Sohn.
Dieser wollte die aus dem Hause Anjou ihm

zugefallenen Rechte auf das Königreich Neapel
geltend machen und unternahm 1495 jenen berühmten
Feldzug nach Italien, dessen Anfang zwar herrlich,
das Ende aber unglücklich war, denn er mußte,
weil die Franzosen durch ihr übles Betragen die
Gunst der Neapolitaner eben so verloren, wie
jetzo die Gunst der Deutschen, das Königreich Neapel
so geschwind wieder verlassen, als jetzt die Engländer das occupirte Königreich Corsica werden verlassen müssen. Sein Nachfolger Ludwig XII. fügte
den Ansprüchen auf Neapel noch diejenigen bei, die
er für sich selbst auf das Herzogthum Mailand,
als Urenkel, des ersten Herzogs desselben, Johannes
Galeatius, hatte. Diese Ansprüche verursachten
unter Ludwig XII. und Franz I. verschiedene
Kriege in Italien.

Die Eifersucht, welche zwischen der Krone Frankreich und dem Hause Oesterreich herrschte, und die
daraus erfolgten Kriege fingen unter Ludwig XI.
im Jahr 1477 an, da die reiche Erbschaft der Her-
zoge von Burgund, bei dem Absterben Carl's des
Kühnen auf das Haus Oestreich kam. Unter Kaiser
Carl V., dessen überwiegende Macht König Franz I.
in Frankreich sehr fühlte und sogar dessen Gefangener
wurde, erfolgten diese Kriege desto häufiger.

Auf diese auswärtigen Kriege folgten innerliche
gegen die Hugenotten oder Protestanten in Frankreich. Sie fingen unter Carl IX. im Jahr 1562
an, und wurden unter seinem Bruder und Nachfolger, Heinrich III., fortgesetzt. Bei den damals
verübten unerhörten Grausamkeiten schaudert der
Blick jedes Gefühlvollen vorbei, und die Geschichte
hat ungern die traurigsten Scenen aufgespart, um
die Nachwelt für dergleichen zu warnen, worauf
aber die jetzige Revolutionspartei aus Frankreich

ebenso wenig geachtet hat. Nachdem nun ferner die Bourbonische Linie, nach Verlöschung der Valesischen, im Jahr 1589 den Thron bestiegen, so bekam Alles eine ganz andere Gestalt.

Heinrich IV., der beste unter allen Königen, stellte die Ruhe im Königreich wieder her, und erinnerte die Franzosen, daß sie alle Brüder wären. Das Edict von Nantes, das er im Jahr 1598 ausgehen ließ, gestattete den Protestanten die freie Ausübung ihres Gottesdienstes. Nachdem aber dieser so würdige Fürst im Jahr 1610 durch Ravaillac ermordet wurde, traten unter seinem Sohn und Nachfolger, Ludwig XIII. die Parteien wieder zusammen, welchen erst durch die im Jahr 1628 geschehene Eroberung von la Rochelle ein Ende gemacht wurde.

Nun trat nachher vom Jahr 1648 bis 1713 die Periode ein, wo zu Anfang derselben die politische Verfassung Europa's ihre Gestalt veränderte. Frankreich, das bisher durch die vereinigten Mächte Europa's und die deutschen Fürsten von seinem Unterliegen gegen das Haus Oestreich gerettet war, stieg nun mit Hülfe seiner innern Finanzverwaltung und seines vortrefflichen Ministerii, unter dem Cardinal Richelieu, zu einem sichtbaren Uebergewicht empor. Die Zurücksetzung des Hauses Oestreich in engere Grenzen, die zu eben der Zeit geschah, und die durch den westphälischen Frieden befestigte Freiheit der deutschen Reichsfürsten beförderten Frankreichs Unternehmungen, zumal es durch den westphälischen und pyrenäischen Frieden beträchtliche Ländereien an sich brachte. Kraft des im Jahr 1648 geschlossenen westphälischen Friedens wurden die drei Bisthümer Metz, Toul und Verdün, Elsaß und Sundgau dieser Krone abgetreten, dessen Ober-

herrschaft sich alsdann bis an den Rhein erstreckte. *)
Durch den im Jahr 1659 mit Spanien geschlossenen
pirenäischen Frieden bekam selbige die Grafschaft
Roussillion und verschiedene wichtige Städte in den
spanischen Niederlanden. **)

Diesen so glücklichen Erfolg hatte Frankreich
seinen beiden berühmten Ministern, dem Cardinal
Richelieu und Mazarin, zu danken. Der erstere
legte den Grund zu dem westphälischen, und der
andere schloß den pyrenäischen Frieden, welche beide
Friedensschlüsse desto höher zu schätzen sind, da sie
das Gleichgewicht unter den Mächten Europa's
wieder herstellten.

Mazarin, dieser Günstling der Anna von Oest=
reich, Gemahlin Ludwig XIII. von Frankreich, über=
ließ Ludwig XIV. das Königreich Frankreich in
dem blühendsten Zustand, zu welchem auch die
deutschen Fürsten das Ihrige beigetragen hatten.
Anstatt daß aber dieser eroberungssüchtige König
ihnen solches hätte verdanken und den Plan Riche=
lieu's hätte befolgen sollen, in Erhaltung der deutschen
Stände die Sicherheit seines Reichs zu setzen, drang
er in das deutsche Reich ein und verheerte die Pfalz
mit beispielloser Barbarei, so daß die Fürsten des
Augsburgischen Bundes genöthigt waren, ihm den
Krieg im Jahr 1688 zu erklären, weil er zuerst
das Palladium der deutschen Reichsverfassung, den
westphälischen Frieden, angriff und Europa's Gleich=
gewicht bedrohte.

Was thut jetzt das aus dem Glanz der Monarchie in eine Republik zurückgetretene Frankreich?

---

*) S. §. 70, 73, 74 und 87 des Münsterischen Friedens, in
des Dumont Corps diplomatique Tit. 6, p. 455.
**) S. ebendas. T. 6, p. 264 von §. 35—43.

Schon seine erste Constitution nimmt einigen deutschen
Fürsten im stillen Frieden ihr Eigenthum, ihre Län=
der, die das Reichsoberhaupt schützen muß, wornach
die Reichsmatricul mit eingerichtet ist, und bietet,
nach der Macht des Stärkern, für Land und Leute
bloße Entschädigung in Geld an. Das Reichs=
oberhaupt nimmt sich vermöge der Wahlcapitulation
ihrer an; sie verbinden sich mit ihm, ihre ange=
griffenen Rechte zu vertheidigen. Das Kriegsglück
wendet ihnen aber den Rücken und das Frankenvolk
benützt jenes so übermüthig, um seine Grenzen bis
an den Rhein auszudehnen, will eher von keinem
Frieden hören, raubt viele Millionen aus Deutsch=
land und droht dessen ganze Verfassung umzustoßen.
Wird es dabei etwas gewinnen, wenn es einen
mächtigen Nachbar, seinen ehemaligen Bundesge=
nossen verdrängt, um einen andern gleich mächtigen
Nachbar an seine Grenzen zu pflanzen? Wenn einst
die deutsche Reichsverfassung, die zwar, gleich der
englischen, eine Verbesserung, aber keinen Umsturz
verdient, ihre noch bevorstehende Auflösung wird
erlitten — der deutsche Staatskörper seine Kraft
wird verloren — und der wohlthätige Einfluß so
vieler minder mächtigen Reichsstände auf die Ruhe
Deutschlands sich wird gehemmt haben, dann wird
die Frankenrepublik erst erfahren, was für sie die
deutsche Reichsverfassung für ein Palladium war,
wird sich zu spät an die weisen Grundsätze der ehe=
maligen Minister und großen Männer ihres Vater=
landes erinnern, wird in den Geschichten der späten
Nachwelt die Namen ihrer Volksvertreter gebrand=
markt lesen und die Republik unter ihren eigenen
Trümmern begraben erblicken.

Lasset, Franzosen! in Zeiten den Schleier von
euren Augen fallen. Können euch aber politische

Gründe nicht überzeugen, so glaubt nur sicherlich, daß so schnelle und weit getriebene Eroberungen, die alles Gleichgewicht unter den Völkern Europa's verdrängen, zwar unter unaufgeklärten Völkern einem Alexander gegen die Perser, und einem Tamerlan in Asien gelingen konnten, nimmermehr aber gegen Nationen, die sich in der Cultur einander gleich sind, die an politischem Scharfsinne und ausgebreiteten Kenntnissen in der Kriegskunst gleichförmig sind, die einen Erzherzog Carl von Oestreich, einen Herzog von Braunschweig, einen Prinz von Coburg und einen Clairfait unter sich hatten, und mit euren wohlgeübten Generalen sich in der Taktik gemessen haben, dauerhaft bestehen können, und daß die Glücksgöttin wankelmüthig ist.

Und wenn all diese Betrachtungen euch nicht auf friedfertigere Gedanken leiten können, so wißt endlich, daß eure eigenen Fehler, euer Mangel an Subordination unter den Armeen, euer Blutdurst, eure Raubsucht und Gefühllosigkeit gegen Menschenelend den deutschen Muth, den anfänglich euer süßer Zauberton eingeschläfert hatte, desto mächtiger jetzt entflammt haben.

Der deutsche Bauer und Landmann, dem sein Vieh, sein Brod, seine Bekleidung, sein ganzes Eigenthum geraubt ist, der seine Weiber und Töchter vor seinen Augen mußte schänden sehen, fühlt nun seine erlittene Täuschung, sein unübersehliches Elend in vollem Maße, achtet sein Leben für einen traurigen Ueberrest seines Wohlstandes, wird nicht mehr fliehen vor eurem Wiederkommen, wird sich überall in Masse vereinigen, an die kraftvollen Heere seines Kaisers sich anschließen, seinen Räubern ohne Furcht entgegen gehen, und das Trauerspiel noch kraftvoller beginnen, als ihr es schon erlebt und erfahren habt.

Wollt ihr daher, Franzosen, denen man auf der guten Seite Muth, Tapferkeit und gute Disposition, ohne der Wahrheit Tort zu thun, nicht absprechen kann, wollt ihr eure Grabstätten nicht in Deutschland finden,

So packt in Deutschland ein
Und geht nach London!

II.

Und geht nach London.

Dort und nicht in Deutschland, habt ihr eure wahren, eure Nationalfeinde zu suchen, die jetzt mit mehr als feindlicher Wuth auch Deutschlands Handel zerstören.

Hättet ihr die Millionen zu siebenjähriger Unterhaltung eurer Heere in Deutschland, wo diese gewiß noch ihr Grab finden werden, lieber zu einer nachdrücklichen Landung in England angewendet, so wäre vielleicht nun schon das Schicksal eurer Republik entschieden und der mörderische Krieg längst geendet. Die unermeßlichen Schätze beider Indien fließen in London zusammen. In China gewinnt die englische Handlung mehr, als irgend eine andere europäische Macht. Englands Flaggen wehen in allen Meeren mit einer unstreitigen Uebermacht vom magellanischen Meerbusen bis zur Hudsonsbai; das

Südmeer beherrschen sie ausschließlich und selbst auf die Staaten der Barbarei, Algier und Marocco, hat England einen überwiegenden Einfluß. Wer will es also widersprechen, daß England in diesem Krieg mit Frankreich den letzten Thaler in der Hand behalten wird? Und wer diesen Vortheil vor sich hat, der hat gewiß auch den Sieg in Händen. Wenn daher die französische Republik ihrem geschworenen Feinde einen Vortheil abgewinnen will, so kann es, bei ihrer in allen Theilen geschwächten Marine, nicht zur See geschehen, sondern sie muß eine Landung in England wagen. Sie muß aber lebhaft genug angefangen werden, wenn sie gelingen soll. Die Engländer wissen auf dem festen Lande nicht so gut zu fechten, wie zur See. Sie suchen ihre ganze Sicherheit in ihrer insularischen Lage und in ihren Flotten. Sehen sie sich aber zu Land angegriffen, so fällt ihnen aus eben diesem Bewußtsein ihrer Schwäche schon der Muth, und sie sind für die Rettung ihrer Schätze besorgt. Der Angriff muß aber gerade auf ihre Hauptstadt geschehen, denn 1) besteht der größte Theil ihres Reichthums in Papieren. Ist aber einmal ihre Hauptstadt überwältigt, dann fällt sogleich der Credit ihrer Papiere, dann fehlen die Mittel, die Armeen zu erhalten und Magazine anzulegen, und aller Handel stockt auf einmal. Hiernächst theilt 2) sich jetzt bekanntlich diese Hauptstadt in zwei Partieen, und die Gährung unter dem Volk ist daselbst, so wie in Irland, auf das Höchste gestiegen, mithin würde auch dieser wichtige Umstand eine Landung in England begünstigen.

Zwar ist bekannt, daß der Engländer dazu nur lacht, wenn von einer feindlichen Landung auf seinen Küsten die Rede ist. Allein was nöthigte denn

die Engländer, den Frieden zu Breda im Jahr 1667
zu unterzeichnen, als, weil die Holländer, angeführt
von ihren geschickten und kühnen Admiralen, einem
Tromp und einem Ruyter, in eben diesem Jahre
mit ihrer Flotte in die Themse einliefen, bis nach
Chatham schifften, alle englischen Schiffe, so sie daselbst auf der Rhede antrafen, verbrannten und
ganz London dadurch in Furcht und Schrecken setzten.
Wie wäre es also wohl möglich, jetzt auch eine
Landung in England mit der größten Wahrschein-
lichkeit eines guten Erfolgs zu wagen?

Dieses haben schon längst selbst französische Schriftsteller *) von großer Erfahrung vorgeschlagen und
aufgezeichnet.

Es ist aber hier eigentlich nicht die Rede von
einem Seetreffen, sondern von dem Einschiffen, dem
Anlanden und dem Ausschiffen der Landtruppen,
die einer gewissen Unternehmung halber über Meer
geschickt werden. Dergleichen Unternehmungen sind
bekanntlich mit vielen Schwierigkeiten verbunden,
und alle Maßregeln dazu vorher wohl zu nehmen,
ehe man sich einschifft, denn wenn einmal die Sache
angefangen ist, so läßt sich alsdann nicht mehr
Halt machen, oder wohl gar umkehren, um das-
jenige nachzuholen, was etwa noch fehlen sollte.

Jene Schriftsteller von Erfahrung setzen dabei
folgende Vorsichtsregeln voraus:

1. Schon beim Entwurf dieser Art von Unternehmungen muß man jederzeit sein Augenmerk auf
die Absicht nehmen, die man erreichen will: ob man
nämlich das Land, wo man eine Landung thun
will, zu behaupten, oder ob man nur die Maga-

---

*) M. G. v. S. l'art de la guerre.

zine und Schiffswerfte des Feindes zu verderben gedenkt.

Die Generale, so dergleichen Unternehmungen ausführen sollen, müssen sich um die Gegenden, wo gelandet und nicht gelandet werden kann, wie auch um die Tiefe des Meeres in diesen Gegenden bekümmern, sie müssen die Maßregeln wissen, welche der Feind nehmen könnte, sich der Landung zu widersetzen; sie müssen die Vortheile und Nachtheile bei einer glücklich ausfallenden oder fehlschlagenden Landung vorher zusammen vergleichen, sie müssen sich in Verfertigung des Entwurfs nach der Stärke ihrer Flotte, nach der vorräthigen Anzahl von Transport- und eigentlich zur Landung dienenden Schiffen, und nach den vorhandenen Kriegs- und Mundbedürfnissen richten.

II. Wenn alles dieses bestimmt und angeordnet ist, so wird Alles eingeschifft, und die Flotte segelt ab, sobald der Wind günstig ist. Die Fregatten, welche mit den leichten Truppen einer Landarmee zu vergleichen sind, schwärmen auf allen Seiten um die Flotte herum, um Kundschaft einzuziehen. Eine gewisse Anzahl von Schiffen macht den Vortrab, eine andere den Nachtrab; die gesammte Flotte aber richtet sich nach dem Admiralsschiff, von welchem, durch gewisse vorher abgeredete Signale, die nöthigen Befehle ertheilt werden.

Nach der Größe der Flotte wird solche in zwei oder drei Geschwader abgetheilt, und die Kriegsschiffe segeln in solcher Ordnung, daß durch sie ein Viereck bestimmt wird, innerhalb welchem sich die Transportschiffe befinden.

Stößt man unterwegs auf den Feind, und dieser wird Sieger, alsdann ist die ganze Unternehmung geendet.

XII.   3

III. Ist aber die Ueberfahrt glücklich, so wirft
man bei der Ankunft an Ort und Stelle den Anker
aus und macht die gehörigen Zubereitungen zur
Landung, wobei folgende Punkte zu bemerken vor-
kommen:

1) Man muß jederzeit niedrige Gegenden aus-
suchen, wo man an das Land steigen will, und besonders kothiqte und steile Ufer vermeiden, denn je
besser das Ufer ist, desto weniger Schwierigkeit hat
man und desto besser kann man die an das Land
gesetzten Truppen durch die Batterien von den
Kriegsschiffen vertheiden. Inzwischen ist dieser Fall
sehr selten, und man hat also anzunehmen, daß
eine Armee von 20,000 Mann an das Land steigen
soll und zwar außer dem Kanonenschuß ihrer Flotte.

2) Auf jedem der Transportschiffe, auf welche
die Landtruppen nach Verhältniß ihrer Größe vertheilt sind, befinden sich allemal etliche kleine Kähne,
mit welchen die Truppen an das Land gesetzt werden
sollen. Zum Beispiel ein Transportschiff von 300
Tonnen, auf welchem sich 200 Menschen befinden, bekommt vier dergleichen Kähne, die auf dem Schiffe in
einander gestellt werden, damit sie nicht zu viel Platz
wegnehmen. Ein solcher Kahn darf nicht mehr als zwölf,
höchstens fünfzehn Menschen in sich fassen, und vierhundert von denselben sind hinreichend, eine Armee von
zwanzigtausend Mann an das Land zu setzen, besonders da man die auf den Kriegsschiffen befindlichen
großen Boote zu diesem Behuf mit brauchen kann.

3) Wenn nun der Befehl zum Aufbruch und zur
Landung gegeben wird, so müssen alle Fregatten
und alle Kriegsschaluppen so nahe an das Ufer fahren, als möglich ist, damit sie durch ihr Feuer den
am Ufer stehenden Feind etwas vertreiben. Wenn
das Meer nicht tief genug ist, und also die Schiffe

nicht nahe genug anrücken können, so nimmt man
etliche von den kleinen Landungskähnen, bindet
dieselben sehr fest zusammen und macht aus ihnen,
vermittelst darüber gelegter starker Bohlen, ein
plattes Fahrzeug, auf welches man ein schweres
Batteriestück stellt. Diese platten Fahrzeuge werden
alsdann sehr nahe an das Ufer gebracht, daselbst
befestigt, und man macht auf demselben eine Be=
deckung von Wollsäcken, damit die Constabler nicht
zu bloß stehen. Hierauf rücken also die Transport=
schiffe an, werfen Anker und lassen die Landungs=
kähne in's Wasser.

4) Fünfzig von diesen Kähnen müssen besonders
dergestalt verfertigt sein, daß sich auf denselben eine
drei= bis vierpfündige Kanone mit allem Zubehör
und drei bis vier Menschen zu ihrer Bedienung
befinden können. Diese Kähne werden nebst den
Kähnen, auf welcher der Vortrab ist, in die erste
Linie gestellt. Der Vortrab müßte in diesem Fall
ungefähr 6000 Mann ausmachen, und alsdann fol=
gen nach und nach die übrigen Truppen.

5) Wenn der Vortrab starken Widerstand findet,
so muß man sich zugleich, unter Bedeckung der
Batterien, auf den platten Fahrzeugen verschanzen.
Und hier, scheint es, daß die spanischen Reiter und
die Erdsäcke einen ungemeinen Vortheil bringen
würden. Man müßte daher auf jeden Kahn einen
spanischen Reiter und eine verhältnißmäßige Anzahl
von Säcken mitnehmen, welche man sogleich bei der
Ankunft auf dem Lande mit Erde anfüllte und daraus
die Verschanzung erbaute.

6) Wenn man auch an das Land steigen sollte,
ohne Widerstand zu finden, so muß man doch Re=
douten und Schanzen aufwerfen und dieselben mit
vielem und schwerem Geschütz besetzen, denn man

3 *

kann nicht wissen, ob man nicht genöthigt sein wird, sich eher wieder einzuschiffen, als man gedacht hat. Hätte man nun nicht für die Sicherheit des Zurück-zugs und für die Sicherheit der Einschiffung ge-sorgt, was für Unordnung würde alsdann nicht entstehen?

7) Will man sich in einem Lande, wo man die Truppen ausgesetzt hat, behaupten, so muß die erste Sorgfalt dahin gehen, sich Meister von einem guten Hafen zu machen.

Aus der Geschichte ist nicht unbekannt, wie ver-schiedene Generale im Alterthum alle ihre Schiffe nach geschehener Landung haben verbrennen lassen, um ihren Soldaten auch sogar die Möglichkeit eines Zurückzugs zu benehmen, und ihre Armee in die Nothwendigkeit zu setzen, entweder zu sterben oder zu siegen; allein dieß schickt sich nur für Waghälse, die auf einmal Alles auf's Spiel setzen. Die wahre Tapferkeit befindet sich nur bei freien Menschen, die in ihrem Verhalten von der Ehre und dem Ruhm bestimmt werden. Truppen, die man in eine un-vermeidliche Nothwendigkeit, zu siegen oder zu ster-ben, setzt, werden entweder furchtsam, oder fechten als Verzweifelte; man kann sie nicht im Zaum halten, wenn sie Ueberwinder werden; sie ergreifen die erste vorkommende Gelegenheit, fortzulaufen, und man kann auf ihre Treue niemals sichern Staat machen.

Um nun alle diese vorausgeschickten Grundsätze und Vorsichtsregeln in einem besondern Beispiel anzuwenden, so folgt nun ein

Entwurf,
wie Frankreich eine Landung in Eng-land unternehmen könnte.

Zu dieser Unternehmung würden zweihundert Schiffe hinlänglich sein. Nur kommt alles auf

deren Bau und dessen Beschleunigung an,
so daß man in zwölf bis fünfzehn Monaten damit
fertig würde.

Es ist ferner hiebei vorauszusetzen, daß Frank=
reich in seinen Kriegen sein Augenmerk lediglich auf
England — mit allen europäischen Mächten aber
Friede haben müßte.

Ueberhaupt wäre es besser, daß die Franzosen
den Engländern alle ihre dermaligen Besitzungen in
Amerika und das ganze Meer überließen, als daß
sie sich durch die erstaunenden Unkosten, die sie auf
die Behauptung ihrer amerikanischen Länder ver=
wenden, ganz zu Grunde richten. Wollte man alle
die Ausgaben zusammenrechnen, die von den Fran=
zosen in den ehemaligen Kriegen, besonders in dem
vom Jahr 1755 bis 1762 in dieser Absicht gemacht
worden, so würde man finden, daß jedes Pfund
Zucker den Franzosen einen Louisd'or, und jedes
Fuchsfell aus Canada hundert Louisd'or zu stehen
gekommen.

Würde es nun nicht besser sein, sich um alle
englischen noch übrigen Besitzungen in Amerika gar
nicht zu bekümmern und alle seine Kräfte bloß
gegen England selbst zu wenden? Ergriff man diese
Partie, so ist sehr wahrscheinlich, daß die Erobe=
rung von London den Franzosen den anderweit er=
littenen Verlust hundertfach ersetzt hätte. Dieß
vorausgesetzt, so wird behauptet, daß die Franzosen
zu dieser Unternehmung auf London keine Schiffe
von der Linie, ja auch sogar keine Fregatten,
die über dreißig Kanonen an Bord haben, brauchten.

Es dürfen vielmehr nur zweihundert nachbe=
schriebene Schiffe erbaut werden, und vermittelst
derselben würde man, wie bewiesen werden soll,
seine Absicht fast zuverlässig erreichen. Die Beschaffen=

heit der Schiffe wird aus Bemerkung folgender Punkte erhellen:

1) Das Schiff muß im Kiele etwas über hundert Schuh lang und in der größten Ausbauchung vierzig Schuh breit sein. Auf jedes Schiff kommen zwanzig vierundzwanzigpfündige Kanonen; es können drei= bis vierhundert Soldaten darin sich befinden, und dreißig Matrosen sind hinreichend, dasselbe zu regieren.

2) Das Schiff erfordert höchstens eine Tiefe von zwölf Schuh im Wasser, das Verdeck des untersten Raumes ist zehn Fuß über dem Kiel erhaben, und das zweite Verdeck ist sechs Schuh über diesem niedrigsten. Zwischen diesen beiden Verdecken sind in jede Seite des Schiffes zehn Löcher eingeschnitten, wodurch drei bis vier Zoll starke Ruder gesteckt werden. Diese Löcher stehen vier Fuß von dem niedrigsten, und zwei Fuß von dem zweiten Verdeck ab, dergestalt, daß die Soldaten stehend rudern können, wenn es erfordert wird. Auch können diese Löcher zu Stückpforten für kleine Falkonets, welche ein Pfund schwere bleierne Kugeln schießen, dienen; und wenn man rudern will, so setzt man die Falkonets an die Seite. Die große Batterie ist aber über dem zweiten Verdeck.

3) Ueber dem zweiten Verdeck ist das Schiff noch sechs Schuh hoch, und in dieser Höhe wird es durch ein neues Verdeck bedeckt, jedoch ist dieses oberste Verdeck nicht durchgehend, sondern erstreckt sich auf allen Seiten nur fünf Schuh in das Schiff.

An diesem Verdeck werden hinten grobe Matratzen frei angehängt, welche die Kanonen von hinten verdecken, und den Zurücklauf derselben doch nicht verwehren.

Zwischen die Stückpforten werden, in der Höhe

von vier Fuß, Schießlöcher für die Flinten an=
gebracht, damit die Soldaten bedeckt stehen, und
dem Flintenfeuer von den feindlichen Schiffen, die
natürlicherweise weit höher sind, nicht so ausgesetzt
werden. Auch wäre es gut, wenn man das ganze
Schiff, so weit es über dem Wasser steht, mit
schlechten und einen halben Schuh dicken Matraßen
bedecken — und dadurch die Gewalt der feindlichen
Kanonenkugeln vermindern würde.

Gesetzt nun, daß man zweihundert Schiffe von
dieser Art hätte, und daß man jedes mit vierhun=
dert Soldaten und dreißig Matrosen besetzte, so
würden auf diesen zweihundert Schiffen achtzig=
tausend Soldaten und sechstausend Ma=
trosen fortgebracht werden. Der Soldat würde
zwar nicht viel Bequemlichkeit haben.

Da aber die Ueberfahrt von Frankreich nach
England nicht lange dauert, so müßten sich die
Soldaten schon etliche Stunden oder Tage zu be=
helfen suchen. Man müßte zuvörderst guten Wind
abwarten, um unter Segel zu gehen, oder man
könnte auch vermittelst der Ruder über
den Kanal setzen.

Unterdessen webet ein Wind, der gut ist, aus
Frankreich nach England zu kommen, der aber den
englischen Schiffen so widrig ist, daß sie aus ihrem
Hafen nicht auslaufen können. Bediente man
sich nun eines solchen Windes, so würde
man von allen Flotten der Engländer
nichts zu befürchten haben.

Um aber alle Fälle zu untersuchen, so nehme
man an, daß die französischen Schiffe einer englischen
Flotte von vierzig bis fünfzig Schiffen von der Linie
begegneten. In diesem Fall lassen sich diejenigen
Schiffe mit dem Feind in ein Gefecht ein, welche

auf ihn stoßen; die übrigen segeln oder rudern ihren Weg immer weiter fort; sie fechten überhaupt nicht anders, als im Zurückziehen: sie fahren gerade auf die englischen Küsten los und laufen auf den Strand, weil sie wissen, daß die großen Schiffe ihnen ohne ihren unvermeidlichen Untergang gar nicht nachfolgen können.

Und gesetzt, daß die feindliche Flotte zwanzig bis dreißig von diesen französischen Schiffen weg-nehmen sollten, so wird die feindliche Flotte sich doch dabei einige Zeit verweilt haben, und die üb-rigen Schiffe kommen also doch an solchen Orten an, wohin große Schiffe sich nicht wagen dürfen.

Sind nun jene Schiffe bei der Küste angekommen, so wird sogleich die Landung nach den oben ange-zeigten Regeln vorgenommen. Auf jedem Schiff befinden sich zu diesem Behuf drei von den oben beschriebenen Landungskähnen. Auf jedem Schiff ist überdem Alles, was die Soldaten bei der Landung brauchen, ja sogar sind die Pferde der Rei-terei auf allen Schiffen vertheilt, damit nicht etwa der Verlust eines Theils der Flotte, auf welchem sich zum Beispiel alle Pferde oder alle Kriegsbedürfnisse befunden hätten, einen schlechten Ausgang der ganzen Unternehmung unvermeidlich mache.

Könnte man alle diese zweihundert Schiffe noch durch eine besondere Flotte von Linienschiffen, die sich mit der feindlichen in ein Gefecht einließe, be-gleiten lassen, so wäre es desto besser, denn wäh-rend dieses Seetreffens könnten sich die zweihundert Schiffe desto geschlossener und sicherer an die Küsten wagen; doch ist eine solche Begleitung von Linien-schiffen nicht einmal nöthig.

Vielleicht entsteht hiebei die Frage:

Wo man eigentlich in England landen solle?

Ueber die Antwort darf man nicht verlegen sein, denn mit diesen vorbeschriebenen Schiffen, weil sie nur zwölf Fuß Wasser brauchen, kann man fast überall landen. Man könnte die Gegend von Douvres, von Harwich, von Bristol, oder auch den Ausfluß der Themse erwählen.

Die einzige Absicht bliebe nur dahin gerichtet, gerade nach London zu marschiren, und dieser Zweck wird nicht schwer zu erreichen sein, weil man keine einzige wichtige Festung findet, welche aufhalten könnte. Von dem Ausfluß der Themse hat eine Armee zwei bis drei Märsche nach London; bemächtigt man sich nun alsbald der Ufer dieses Stroms, wozu auch das Bajonnet gute Dienste beim Auslanden leisten wird, so könnte man die Schiffe bis Gravesand heraufkommen lassen, und von da bis London sind nur zwei bis drei deutsche Meilen.

NB. Man müßte aber auf den Schiffen hunderttausend Bomben und Feuerkugeln nebst den nöthigen Mörsern, sie zu werfen, mitbringen. Und sobald man an das Land gestiegen wäre, müßte man alle Menschen, Pferde und Ochsen aus der ganzen Gegend zusammentreiben, um Mörser und Bomben fortziehen und forttragen zu lassen.

Auch müßte ein Observationskorps dem Belagerungskorps den Rücken frei halten, wenn etwa der in Masse auftretende englische Landmann dabei sein Glück versuchen wollte, wie sich's denn ohnedem versteht, daß bei denjenigen am Ufer zurückbleibenden Schiffen eine hinlängliche Bedeckung sie gegen allen Ueberfall sichern müßte.

Vor Schluß dieser Abhandlung sind noch zwei Fragen zu beantworten übrig:

1) **Wie kann die Erbauung dieser Schiffe in Frankreich geschehen?**

Antwort: Holz ist genug dazu in Frankreich selbst noch vorhanden, besonders Eichenholz, welches bekanntlich das beste Holz ist. Was die Mastbäume betrifft, so weiß man wohl, daß die zusammengesetzten noch besser sind, als diejenigen, so aus einem Stück bestehen. Und überdem braucht man zu diesen Schiffen nur mittelmäßige Mastbäume. Die größte Schwierigkeit würde darin bestehen, sie geschwind genug von den Waldungen bis zu den Schiffswerften zu bringen. Man würde aber dazu doch schon Rath finden, wenn man die Sache mit Ernst angriffe, und sollten auch die den Waldungen am nächsten liegenden Provinzen dazu mit ihren Geschirren aufgeboten werden.

Wenn das Holz gefällt, so müßte es sobald ausgetrocknet werden, daß man dasselbe in sechs Wochen verarbeiten könnte. Um nun dieses zu bewerkstelligen, so müßte man in der Gegend, wo das Holz gefällt wäre, große Graben ziehen, und diese Graben mit Reisig und schwachem Holz anfüllen, hierauf dieses anzünden, und, wenn Alles zu Kohlen verbrannt wäre, alsdann das auszutrocknende Schiffsholz darüber legen. Dieß könnte so oft als nöthig wiederholt werden. Ueber die Kohlen müßte man zart gesiebte Erde oder Sand schütten, damit die Hitze nicht allzu stark wäre, weil sonst das Bauholz springen und sich werfen würde. Das Holz muß vielmehr nach und nach erhitzt, sein oft herumgedreht und so lang in dieser Wärme gelassen werden, bis alle Feuchtigkeit sich herausgezogen hat. Die Erfahrung hat gelehrt, daß dergleichen ausgetrocknetes Holz

beffer und dauerhafter ift, als Holz, welches drei
bis vier Jahre in den Magazinen aufgehoben ift.

Hätte man nun vier Werfte, fo könnte man fehr
füglich bei gehörig angewendetem Fleiß alle Wochen
vier Schiffe vom Stapel laufen laffen, und alfo
würden die erforderlichen zweihundert Schiffe in
Zeit von einem Jahre erbaut fein.

2) **Wie und woher das nötige Geld in
Frankreich hierzu aufzubringen fein
möchte?**

Antwort: Ein folches Schiff würde ungefähr
hunderttaufend Thaler koften, folglich würde die
Erbauung von zweihundert Schiffen eine Ausgabe
von zwanzig Millionen erfordern.

Dermalen kann diefe Frage in Frankreich nicht
fchwer zu beantworten fein, denn Deutfchland hat
allein fchon an geraubten Geldern zwifchen zwei
und dreihundert Millionen hergeben müffen.
Sollten aber auch diefe in Frankreich fchon ver=
geudet fein, fo müßte das ganze Land ungefähr
nach folgendem Vorfchlag das Seinige beitragen:

Ich rechne in der ganzen Republik wenigftens
zehn Millionen fteuerbare Menfchen. Wenn
nun jeder von diefen, eines in das andere gerechnet,
zwei Thaler Extrafteuer dazu beitrüge, fo wäre die
ganze Summe beifammen.

Wollte man aber, wie billig, alle Klaffen der
Landeseinwohner hierin zur Mitleidenheit ziehen,
fo fallen zwar jetzt die aufgebobenen reichen Klöfter
und Prälaturen fammt den Rittergutsbefitzern weg,
weil fie alle in Frankreich nicht mehr exiftiren. Da=
gegen würde alfo ein jeder Kopf nach feinem Ver=
mögen, fo er jährlich zu verzehren hätte, jedoch
mit Rückficht auf die Anzahl von Menfchen, die er
davon unterhalten muß, gefchätzt werden. Zum

Beispiel: eine Haushaltung von vier Personen, die zweihundert Thaler jährliche Einkünfte hätte, gäbe für jeden Kopf einen Groschen. Eine Haushaltung von zwei Personen, die eben diese Einkünfte hätte, gäbe sechs Groschen. Und eine ledige Person, die zweihundert Thaler zu verzehren hätte, gäbe einen Thaler. Ferner: Eine Haushaltung von vier Personen, deren Einkünfte in vierhundert Thalern bestünden, gäbe sechs Groschen; eine Haushaltung von zwei Personen mit eben diesen Einkünften gäbe einen Thaler; und eine ledige Person mit diesen Einkünften gäbe vier Thaler. Eine einzelne Person, so tausend Thaler zu verzehren hätte, gäbe sechszehn Thaler. Wer viertausend Thaler zu verzehren hätte, gäbe zweihundert zu dieser Steuer und so weiter.

Auf diese Weise würden diese zwanzig Millionen, und wenn es auch noch einige Millionen mehr kosten sollte, in Frankreich leicht beizuschaffen und durch die englischen Guineen eben so leicht wieder zu ersetzen sein.

Dieß würde aber bei der französischen Landung in England, wenn solche nach Wunsch erfolgen soll, eine Hauptbedingung sein, nicht ihre Revolutionsgrundsätze und Verfassung den Britten aufzubringen, sich nicht in die wohlthätige brittische Constitution zu mischen, die Königswürde und deſſen königliche Familie zu respektiren, keine Rebellen, weder in England, Schottland, noch Irland zu unterstützen, nicht die Regierungsform in England umzuändern, sondern die etwaige Verbesserung aller Fehler in derselben bloß der brittischen Nation allein zu überlassen, dabei zu bedenken, daß man es mit einer großmüthigen Nation zu thun habe, von welcher sich die ambitiösen Franzosen nicht dürfen in der

Großmuth übertreffen laſſen, ſondern, der Menſchlichkeit zur Ehre, ihre in Deutſchland begangenen
Fehler wieder gut machen, die Unſchuldigen und
Unbewaffneten ſchonen, dem brittiſchen Unterthanen
ſein Eigenthum laſſen — ihre Requiſitionen nach
der Billigkeit einſchränken und ſolche bloß von der
Obrigkeit jedes Orts fordern, nichts rauben, plündern, noch verheeren — das brittiſche Land nicht
als ein Land, das ſie ewig behalten wollen, betrachten — ſondern ſich nur damit begnügen müſſen,
die brittiſchen Arſenale und Schiffswerfte zu zer-
ſtören und die engliſche Marine ſo einzuſchränken,
daß ſie nicht mehr ihre bisherige Uebermacht ſo
mißbrauchen — noch ihren Monopolhandel fortſetzen
kann.

Zwar wird Großbritannien immer, neben Frankreich, eine handelnde Macht bleiben und von den
europäiſchen Mächten in ſo weit unterſtützt werden
müſſen, daß ſie, ſo wenig wie Frankreich, ganz
unterliege. Nur muß vorjetzt Einhalt geſchehen,
daß keine Seemacht einen Alleinhandel treibe, noch
den Handel des europäiſchen Continents ungebührlich
beläſtige.

Von dieſem brittiſchen Joch muß ſich Deutſchland loswinden, und dazu können die Franzoſen
durch eine wohlgeordnete Landung in England das
Meiſte beitragen, um Großbritannien zu einem ho-
norablen Frieden zu nöthigen.

Iſt dieſer Zweck erreicht und eine ſolche ver-
bindliche Abrede getroffen, daß auf allen Meeren
und Flüſſen, die Schelde nicht ausgenommen,
freier Handel und freie Schifffahrt geſtattet ſein
ſoll, dann würden die Grenzen der Feindſeligkeit
überſchritten ſein, wenn die Franzoſen, ohne einen
Fingerbreit von England Grenzen zu behalten,

nicht friedlich wieder heimkehren und innerhalb ihres
Landes das Glück des Friedens ruhig genießen
wollten.

Vorjetzo sage ich aber noch:

Franzosen! packt in Deutschland ein und
geht nach London!

Befolgt ihr diesen Anrath eurer eigenen Schriftsteller nicht, die ihr scheint vergessen zu haben, so
helfen euch alle Eroberungen in Deutschland nichts.
England allein wird auf dem Kriegstheater gegen
euch kämpfen, wird, troß euren jetzigen Verbindungen mit Spanien und Holland, den Meister zur
See spielen, und wird euch die traurige Nothwendigkeit lehren, die ich gleich zu Anfang dieses Kriegs
prophezeit habe, nämlich diesen Krieg zur See zu
endigen. Entschließt euch daher bald dazu; endigt
den Krieg auf dem festen Lande und versucht euer
Heil auf der See; verbindet aber damit das Pro-
jekt einer Landung in England, denn dieser Krieg
zwischen England und Frankreich ist nun einmal
auf Leben und Tod angefangen und wird sich nicht
eher enden, als bis eine von beiden Marinen vernichtet ist.

Leset hierüber, was einer eurer eifrigsten Anhänger *) im dritten Jahr eurer Republik davon
schrieb, und wie einförmig und einverstanden wir
mit einander in unsern Urtheilen stimmen. Er sagt:

„La constitution republicaine de France ne
peut s'etablir que sur la ruine du gouvernement
d'Angleterre; telle est la necessité terrible du
moment, la nature imperieuse des circonstances
actuelles. Il faut que l'Angleterre devienne Re-
publique pour que la France puisse être sûre

*) Theremin des intérêts des Puissances continentales.

d'elle, ou que la France redevienne Monarchie
pour que l'Angleterre soit en sûreté; il n'-y-a
point de milieu, et tel parti mitoyen que l'on
voudroit prendre, ne seroit que couvrir de cendres
un feu mal eteint, et repandre plus de sang —
— — — — Il conviendra de recher-
ches ce qui arriveroit pour la guerre
de terre, dans le cas ou le théatre en
seroit transporté dans l'Isle de la
Grande Bretagne, car la France, n'ayant
à se defendre que d'un côte dans le Continent,
pourra employer ses forces à faire une
invasion. — — La France peut combiner avec
la guerre maritime le projet d'une invasion
et porter la guerre dans le coeur du
pays ennemi — — — — L'energie seule qui
l'a fait triompher de l'Europe, peut la faire
triompher complettement de l'Angleterre; et
rien n'est fait, si la puissance Anglaise n'est
detruite. — — — — Je Vous le dis encore:
Vous aurez la guerre tant que vos deux gou-
vernements ne se ressembleront pas, et elle ne
peut finir que par la chûte du gouvernement
Anglais, ou du vôtre."

Der englischen Nation ist jetzt natürlich Alles
daran gelegen, die französische Marine in ihrer
jetzigen Ohnmacht zu erhalten, um inmittelst den
Alleinhandel aus allen vier Welttheilen an sich zu
ziehen, mithin den ganzen Continent in Contri-
bution zu setzen.

Da nun Frankreich, wenn es auch mit den spanischen und holländischen Flotten sich vereinigt, der
englischen Uebermacht zur See keinen Hauptvortheil
abgewinnen kann, indem entweder die englischen
Flotten, so lang sie den vereinigten französischen,

spanischen und holländischen Flotten nicht eine gleiche
Anzahl an Schiffen entgegen setzen können, einem
Seegefechte ausweichen, oder wenn sie auch sich
einlassen und geschlagen werden sollten, durch eine,
zwei und drei verlorene Seeschlachten noch nicht
unterliegen werden, so bleibt gar kein anderes
Mittel übrig, als zugleich eine Landung an den
englischen Küsten damit zu verbinden, und zwar
nicht in den Nebenprovinzen Englands, sondern der
Angriff muß gerade auf's Herz von England, auf
London, gerichtet werden, wovon man sich, wenn
nach obigem Plan gearbeitet wird, den herrlichsten
Erfolg zu versprechen hat.

Der erst erwähnte Schriftsteller Theremin behauptet solches S. 110 auch mit noch mehreren
Gründen, die ich hier übergehen und jeden Leser
dorthin verweisen will.

Es gehe nun, wie es wolle, so ist das Ende
dieses verheerenden Kriegs nicht in Deutschland,
sondern in England zu suchen und auf der See ab-
zuwarten.

Denn unmöglich kann England geschehen lassen,
daß Belgien und besonders Flandern in französischen Händen bleibe. Und wenn dieses von Frankreich nicht zur Grundlage des Friedens angenommen
werden will, so geht der Krieg so lange fort, bis
eine oder die andere dieser beiden Seemächte, England oder Frankreich, in Ohnmacht unterliegt. Auf
jede andere Bedingung kann auch unmöglich ein
dauerhafter Friede zu Stande kommen.

Verwahrung.

Vielleicht möchte man mir vorwerfen, daß es
von mir nicht patriotisch gedacht sei, den Franzosen
gleichsam den Weg nach England zu zeigen, da

doch England bisher seinen deutschen Alliirten so kräftig und treulich gegen den Erbfeind der Deutschen, gegen die Franzosen, beigestanden habe.

Allein! einestheils bin ich nicht der Erste und der Einzige, der den Vorschlag zu einer Landung in England thut, sondern ich bringe ihn nur aus dem angezeigten französischen Schriftsteller der fran= zösischen Nation wieder in Erinnerung; *) andern= theils habe ich die patriotische Absicht, den jetzigen verheerenden Krieg dadurch auf fremden Boden, aus Deutschland weg, zu verpflanzen, weil sonst dessen Ende nicht abzusehen ist.

Daß ich ihn aber just nach England hin com= plimentiren will, dazu habe ich folgende triftige Ursachen, die mich gegen allen Vorwurf vollkommen rechtfertigen werden:

1) Weil dieser Krieg ohnedem nirgends anders als auf englischem Grund und Boden geendet wer= den kann, wenn der Friede dauerhaft sein soll, denn keine andere europäische Macht ist so sehr dabei interessirt, als England, welches durchaus nicht zugeben kann, daß Holland und die Niederlande in Frankreichs Händen bleiben können, sollten auch alle anderen europäischen Mächte am Ende aus Ohn= macht darein willigen. Dieses ist daher auch die Ursache, warum England diesen so ansehnliche Sub= sidien und Anleihen gibt.

---

*) Erst neuerlich hat der französische Contreadmiral Kerquelen in seiner
    Relation des combats et des événemens de la guerre maritime de 1778 entre la France et l'Angleterre etc. Paris, Patois et Gilbert.
    die ich aber noch nicht gelesen habe, einen Landungs= plan auf der englischen Küste angegeben, den er für unfehlbar hält.

XII.   4

2) Weil England, durch seinen jetzigen Monopolhandel, ganz Europa bedrückt und der ärgste Feind
gegen Deutschland ist und künftig bleiben würde,
wenn es diese alleinige Uebermacht zur See behaupten
sollte. Denn wenn gleich die Franzosen mit Gewalt
und durch das Recht der Waffen Deutschland um
mehrere hundert Millionen ärmer gemacht haben,
so ist es doch lange nicht so viel, als England bisher an allen Bedürfnissen, so Deutschland über das
Meer kommen lassen muß, gewonnen — und um
so viel also Deutschland ärmer gemacht hat, und
noch ferner machen wird, so lange kein allgemeines
Seevölkerrecht ihrer mercantilischen Gewinnsucht
Grenzen setzt. Bloß der Drang der Umstände setzt
England in solche Vortheile. Wo ist ein anderes
Recht, welches England den alleinigen Zwang des
Handels in allen vier Welttheilen zuspricht? Es
ist ein eisernes Scepter, womit England die armen
Deutschen bedroht. Diese Zuchtruthe muß ihm aus
den Händen gewunden werden, sonst verfällt Deutschland in eine ärgere Dienstbarkeit, als die egyptische
der Juden war. Es ist von der Klugheit und
Wachsamkeit unserer deutschen Fürsten ohnedem zu
erwarten, daß diese die wirksamsten Mittel dagegen
ergreifen werden.

3) Und da ich übrigens gewohnt bin, jede Handlung in ihrem wahren Lichte aufzustellen, das heißt,
ihre Ursachen und Bewegungsgründe aufzusuchen,
so würde ich denjenigen für kurzsichtig halten, der
mich überreden wollte, daß England seine jetzigen
Alliirten nur darum so unterstütze, um ein Uebermaß
von Bundestreue darzubringen. Der mercantilische
Charakter, der nicht viel Gold um ein Ei gibt, ist
mit dem Charakter der englischen Nation so genau
verwebt, daß man allerdings zur Aufmerksamkeit

und zur Frage veranlaßt wird: Warum läßt sich's
England so viel kosten, um seine Alliirten gegen
Frankreich in thätiger Wirksamkeit zu erhalten?
Dieses bleibt nicht lange ein Räthsel, sobald man
bedenkt, daß die Handlungen ganzer Staaten nicht
aus moralischen — sondern aus politischen Grund=
sätzen zu erklären sind.

Nun besteht aber Englands Politik darin, die
Mächte des festen Landes stets in Uneinigkeit und
Kriegen zu erhalten, um desto ungestörter seine
Handlungsvortheile zur See zu vergrößern, worin
es keinen Nebenbuhler dulden will. Noch aus jedem
Kriege auf dem Continent hat England seinen
Nutzen zu ziehen gewußt, ausgenommen den amerika=
nischen Krieg, weil damals die in den Weg getretene
bewaffnete Neutralität zur See einen großen Strich
durch die Rechnung machte.

An England findet keine europäische Macht eher
einen Bundesgenossen, als bis es seine Handlungs=
vortheile berechnet hat. Nur in der Handlung be=
steht Englands ganze Existenz. Weder das Gleich=
gewicht in Europa, noch Blutsfreundschaft, noch
Vorliebe für den Unterdrückten, kann England je=
mals zu einem Bündniß bewegen, wofern nicht erst
die Handlungsvortheile mit in der Wagschale liegen.

Und ebenso ist es auch im gegenwärtigen Kriege.
Nicht das Interesse der gekränkten deutschen Fürsten,
nicht die Leiden der königlichen Familie in Frank=
reich, sondern das vorauszusehende Uebergewicht zur
See, die aus Frankreich ausgewanderten erfahrenen
Seeoffiziere, der Mangel an Matrosen in Frankreich,
der gesperrte Handel dahin an Schiffsbauholz und
andern Schiffsmaterialien, ließen es den christlichen
Antheil an diesem Kriege nehmen.

Welchem deutschen Patrioten schwillt nicht die

4*

Bruſt, wenn er ſieht, daß Deutſchland verheert und
verwüſtet — an Volk, Geld und Kunſtſtücken aus=
geleert und mit unausſtehlicher Theurung geplagt
wird, während England dabei allein gewinnt, ja
daß es ſogar der deutſchen Nation durch ſeinen
monopoliſchen Handelsdruck vollends das Blut aus
den Adern ſaugt? Wer mag dieſem tyranniſchen
Seezwang, wovon weder das Natur= noch Völker=
recht etwas weiß, ferner mit Kaltblütigkeit zuſehen?

Hat die Erhaltung des Gleichgewichts auf dem
feſten Lande ſtets für England ſelbſt ein Haupt=
augenmerk zu ſein geſchienen, warum ſoll dieſes
Gleichgewicht nicht auch für alle Mächte Europa's
zur See gelten.

Kann man es alſo Frankreich verdenken, wenn
es zu Herſtellung dieſes Gleichgewichts 200 Schiffe
bauen ließe, um in England zu landen und mit
gewaffneter Hand dieſes Recht der Nationen von
dem ſtolzen Albion zu erkämpfen? Kann man einem
deutſchen Patrioten es zum Vorwurf machen, wenn
er dieſes wünſcht?

Die Zeiten ſind ohnedem vorbei, wo in jenem
für die Städte Deutſchlands glücklichen Alter des
XVI. Seculi, als die Hauptſtraße aus Indien über
Kairo und Alexandria — von da mitten durch
Deutſchland nach den 85 hanſeatiſchen Städten ging,
der Speculationshandel auch für Deutſchland ein=
träglich war.

Die meiſten derſelben waren im deutſchen Reich
und führten faſt für ganz Europa, beſonders für
die nördliche Hälfte, allen auswärtigen Handel,
welchen ſie ſo gut verſtanden, daß ſie mit allen
Ländern einen Activhandel trieben, und wußten ſich
ſogar mit den Waffen in der Hand dabei zu ſchützen.
Schon im XIII. Jahrhundert hatten ſie zu London

eine sehr ansehnliche Factorie mit vielen Vorrechten, welche eine von ihren vier Hauptniederlagen war.

Die drei übrigen Hauptfactorien waren zu Brügge, zu Bergen und zu Nowgorod in Rußland. Die englische Factorie hieß in den englischen Urkunden der damaligen Zeit Guildhalda Teutonicorum (die Innungshalle der Deutschen). *) Hier waren ihre Packhäuser, Schreibstuben, Vorrathskammern und Gewölbe. Die Kaufleute der Hansestädte wurden in England Osterlinge genannt, weil sie in Ansehung Englands gegen Osten wohnten. Allein sie konnten wegen den Flamändern, die ihnen im Wege standen, nicht recht aufkommen, bis jene im Jahr 1492 auf ihr Anstiften aus London verbannt wurden, da sie denn allen Handel der Flamänder an sich zogen. **) Gegen das Ende des 15. Jahrhunderts bestand ihre Einfuhr in vielem Eisen, Stahl, Flachs, Hanf, Pech, Theer, Mastbäumen, Tauwerk, Leinwand, Waizen, Roggen; ihre Ausfuhr aber in allen englischen Waaren.

In der ersten Hälfte des 16. Jahrhunderts bemeisterten sie sich völlig der Handlung mit wollenen Waaren. ja fast des ganzen englischen Handels, wovon sie noch dazu gelindere Abgaben und Zölle bezahlten, als die geborenen Engländer selbst. Dieses und andere Bedrückungen, wovon

Willebrand in seiner Hansischen Chronik,

2. Abtheilung S. 254

viel erzählt, zogen laute Klagen der englischen

---

*) Diese Halle liegt an der Themse und heißt heutiges Tages Steel-yard (der Stahlhof), weil daselbst eine Niederlage von Stahl ist.

**) History and Survey of London. Vol. I. p. 438.

Kaufleute nach sich, welche so laut, wie jetzt Deutschlands Klagen über England, wurden, so daß im
Jahr 1551 König Heinrich VIII. in England alle
Privilegien der Hansestädte widerrief und für nich-
tig erklärte. Und dennoch wurde dieser Widerruf
weder unter ihm, noch unter der unruhigen und
blutigen Regierung seiner Tochter Maria mit
Schärfe und Ernst vollzogen. Nur erst Elisabeth,
ihre Schwester, als sie 1558 den Thron bestieg, ergriff kräftigere Maßregeln, allen Handel der Hansestädte aufzuheben, wovon sie ihr Königreich auf
ewig befreite.

Dieses ist der eigentliche Zeitpunkt, von welchem
der Flor der englischen Handelsschaft hergeleitet werden muß, die jetzt den ganzen Continent so tyrannisch
beherrscht.

Welcher Heinrich oder welche Elisabeth wird
nun Europa von diesem Joche befreien?

Vielleicht ist es einer edlen Nation — vielleicht
aber auch der Zeit vorbehalten, die Thomas
Paine *) noch auf 20 Jahre bestimmt, um das
Schicksal Englands entschieden zu sehen, das jetzt
mit 400 Millionen Pfund Sterling Nationalschuld,
seiner unvermeidlichen Auflösung entgegenschlummert,
wenn es nicht noch vor dieser Zeit, durch eine
französische Landung, daraus geweckt wird.

---

*) Ueber den Verfall des Großbritannischen Finanz-
systems.

III.

Oder werdet Spartaner!

Wollt ihr aber nicht in England landen, Fran=zosen! so entsaget dem Seehandel und werdet Spartaner, wie sie ihr Gesetzgeber Lycurgus ge=bildet.

Denn das ist die große Kunst eines kühnen Ge=setzgebers:

das Volk in Abhängigkeit und zugleich im Ueberfluß zu erhalten.

Der größte Theil des Volks war damals so arm, daß es ihm an jeder Art von Besitzungen mangelte, indessen eine kleine Anzahl einzelner Bürger alle Ländereien und Reichthümer des Landes im Besitz hatten. Um also den Uebermuth, den Betrug und die Ueppigkeit der Einen sowohl, als das Elend, den Gram und die Verzweiflung der Andern zu verbannen, so überredete der feine Philosoph den größten Theil und zwang die übrigen, alle ihre Ländereien dem Staate zu übergeben und eine neue Eintheilung derselben zu machen, damit unter Allen eine vollkommene Gleichheit herrschte.

So wurden alle sinnlichen Güter des Lebens unter die Herrscher und Beherrschten gleich vertheilt, und nur höheres Verdienst allein gab höhere Vorzüge.

Und obgleich den Königen in Laconien zu Behauptung ihrer Würde ein größerer Antheil an=gewiesen wurde, so hatte doch ihre Tafel mehr das Ansehen des Wohlstandes und Auskommens, als des Ueberflusses und der Verschwendung.

Doch! die bloße Vertheilung der Ländereien würde keinen dauernden Zweck haben erreichen laſſen, wenn das Geld ſich dabei noch immer hätte anhäufen können. Um alſo jeden andern Unterſchied, außer dem, welchen Verdienſte machen, aufzuheben, entſchloß er ſich, allen Reichthum ohne Unterſchied auf gleichen Fuß zu ſetzen. Er beraubte zwar diejenigen, welche Gold und Silber hatten, nicht ihres Eigenthums,, aber, was gleich viel war, er ſetzte ſeinen Werth herab, und erlaubte den Spartanern, kein anderes Geld im Handel und Wandel zu gebrauchen, als Eiſen. Dieſe Münze münzte er noch überdem ſo ſchwer, und gab ihr einen ſo geringen Werth, daß ein Wagen mit zwei Ochſen beſpannt nöthig war, eine Summe von zehn Minen, oder etwa hundertundzwanzig Thaler fortzubringen, und ein ganzes Haus, um ſie zu verwahren. Dieſes eiſerne Geld hatte in keinem der andern griechiſchen Staaten einigen Umlauf, vielmehr machten es dieſe, weit entfernt, es zu ſchätzen, äußerſt verächtlich und lächerlich. Wegen dieſer Geringſchätzung der Auswärtigen fingen die Spartaner bald ſelbſt an, es ſo ſehr zu verachten, daß endlich das Geld außer Gebrauch kam, und Wenige ſich mit mehr beſchwerten, als ſie gerade nöthig hatten, ſich die nothwendigſten Bedürfniſſe zu verſchaffen.

So wurde nicht allein Reichthum, ſondern auch ſein unzertrennliches Gefolge, Habſucht, Betrug, Raub und Ueppigkeit aus dieſem ſimplen Staate verbannt, und das Volk fand in der Unbekanntſchaft mit Reichthum den glücklichſten Erſatz für den Mangel derjenigen Verfeinerungen, die er gewährt.

Allein! dieſe beiden Anordnungen wurden noch nicht für hinlänglich erachtet, dem Hange zu Ausschweifungen, welcher dem Menschen wie angeboren ist, vorzubauen. Es ward daher noch eine dritte Einrichtung gemacht, vermöge welcher alle Mahl= zeiten öffentlich gehalten werden mußten. Er befahl nämlich, daß alle Mannspersonen ohne Unterschied in einem gemeinschaftlichen großen Saale speisen sollten, und damit ja kein Fremder seine Bürger durch ein übles Beispiel verderben möchte, ward ihm durch ein ausdrückliches Gesetz untersagt, sich in der Stadt aufzuhalten. Durch dieses Mittel wurde die Frugalität nicht allein nothwendig, son= dern auch der Gebrauch des Reichthums zu gleicher Zeit gänzlich verbannt.

Diese Mittel halfen mehr, als Assignaten, Man= date und gezwungenes Anlehen, wodurch die fran= zösische Republik, wie durch eine Palliativkur, ihren erschlafften Staatskörper nur noch auf kurze Zeit hinflickt.

In Sparta schickte jeder Bürger monatlich seinen Beitrag zu dem gemeinschaftlichen Vorrath, nebst einer Kleinigkeit an Geld zu andern nöthigen Aus= gaben. Dieser Beitrag bestand aus einem Scheffel Mehl, acht Maaß Wein, fünf Pfund Käse und dritthalb Pfund Feigen. Die Tafeln bestanden jede aus 15 Personen, und keiner wurde anders, als mit Bewilligung der ganzen Gesellschaft zugelassen. Jedermann, ohne Ausnahme der Person, war ver= bunden, sich bei der gemeinschaftlichen Mahlzeit ein= zufinden.

Selbst der König Agis mußte sich Verweise und Strafe lange Zeit nachher gefallen lassen, als er bei seiner Rückkehr von einem glücklichen Feld= zug mit seiner Gemahlin zu Hause gespeist hatte. Selbst die Kinder hatten an diesen Mahlzeiten An=

theil und wurden dahin gebracht, als in eine Schule
der Mäßigkeit und Weisheit. Denn hier war kein
ungezogener oder unsittlicher Umgang, keine nichts-
bedeutenden Zänkereien, kein großprahlerisches Ge-
schwätz, noch weniger eine Verläumdung seines
Nächsten, das Hauptgespräch in jetzigen großen Ge-
sellschaften, erlaubt. Jeder bemühte sich, seine Gedanken über nützliche Gegenstände mit äußerster
Klarheit und Kürze vorzutragen ꝛc. Witz wurde
nur, wie Gewürz zur Speise, gestattet, und Ver-
schwiegenheit gab der Unterhaltung
Sicherheit. Sobald ein junger Mensch in's
Zimmer kam, pflegte der Aelteste in der Gesellschaft, auf die Thüre zeigend, zu ihm zu sagen:
Nichts, was hier gesprochen wird, darf da
hinaus. Schwarze Suppe war ihr liebstes Gericht; Fleisch war nicht unter ihren Speisen.

Ein so strenges Gebot, welches auf einmal allen
Delikatessen und Raffinements der Ueppigkeit ein
Ende machte, war den Reichen sehr unwillkommen,
so wie es auch den leckerhaften Mäulern der Fran-
zosen sein würde, die ihren Gaumen im jetzigen
Krieg in Deutschland so gelabt haben, daß einer
gewissen Reichsstadt in Franken, wo sie sich etliche
Wochen aufhielten, bloß die Tafel der französischen
Generalität 20,000 Gulden fränkisch gekostet hat.

Man ergriff daher in Sparta jede Gelegenheit,
den Gesetzgeber wegen seinen neuen Anordnungen
zu kränken. Mehrmals kam es darüber zum Auf-
ruhr, und in einem derselben schlug ein junger Kerl,
Namens Alexander, dem weisen Lycurg ein Auge
aus. Aber dieser hatte den größten Theil des Volks
auf seiner Seite, welches, über diese Beleidigung
aufgebracht, ihm den jungen Menschen in die Hände

lieferte, um ihn mit gebührender Strenge zu be=
strafen. Aber! statt einer unrühmlichen Rachsucht,
übte Lycurgus Gelindigkeit aus, gewann seinen
Feind durch alle Künste der Leutseligkeit und Liebe,
bis er endlich aus einem der übermüthigsten und
unruhigsten Köpfe ein Muster der Weisheit und
Mäßigung und ein sehr brauchbarer Gehülfe des
Lycurgus zur Beförderung seiner neuen klugen
Einrichtungen wurde.

Was würden Marat und Robespierre in
Paris gethan haben, wenn sie ihre Mörder überlebt und in ihre Gewalt bekommen hätten? An
Marat's Mörderin wurde der Staat Rächer, aber
weit entfernt, dem Beispiel eines Lycurgus nach-
zuahmen. Und eben dieser Staat verfolgt die
Emigrirten aus Frankreich mit beispielloser Härte.
Gleich dem Alexander, den Lycurg durch Gelindigkeit umschaffte, würden diese vertriebenen Staats-
bürger, wenn sie wieder in ihr Vaterland mit Gelindigkeit aufgenommen würden, künftig die brauch-
barsten, die erkenntlichsten, die ruhigsten Einwohner
werden. Aber sogar an ihren zurückgebliebenen
Verwandten will der Staat Rache üben. — O
werdet Spartaner!

Da die Erziehung der Jugend einer von den
wichtigsten Gegenständen der Bemühung eines Gesetzgebers war, so trug er Sorge, den Kindern früh
solche Grundsätze einzuflößen, daß sie gewissermaßen
schon mit einem Gefühl von Ordnung und Zucht
auf die Welt kämen. Sein großer Grundsatz war:
Kinder seien das Eigenthum des Staats
und gehörten mehr dem gemeinen Wesen, als den
Eltern zu. Zu diesem Ende machte er gleich mit
dem Augenblick der Empfängniß den Anfang, indem

er den Müttern solche Diät und Leibesübungen vor-
schrieb, wodurch sie gesunde und starke Kinder zur
Welt bringen konnten.

Da die Umwandlung einer ganzen Nation nicht
ohne alle Härte geschehen kann, so darf man sich
nicht wundern, wenn Lycurgus befahl, daß alle
die Kinder, welche nach einer öffentlichen Besichti-
gung häßlich und schwächlich, und ungeschickt zu
einem mühseligen Leben befunden würden, in einer
Höhle am Berge Taygetus ausgesetzt würden und
umkommen sollten.

Dieß sah man als eine öffentliche Strafe der
Mutter an, und hielt es für den kürzesten Weg,
den Staat einer künftigen Last zu entledigen, und
die Mütter wurden dadurch sorgsam für ihre Diät
gemacht, um gesunde und starke Kinder zu gebären.

Diejenigen Kinder nun, die ohne irgend einen
Hauptfehler geboren waren, wurden dann als Kinder des Staats angenommen und ihren Eltern übergeben, um sie mit Strenge und Härte aufzuziehen.
Von ihrem zartesten Alter an wurden sie gewöhnt,
keinen Unterschied in Speisen zu machen (also nicht
nach bloß weißem Brod, wie die Franzosen, lüstern
zu sein), sich im Finstern nicht zu fürchten, nicht
verdrießlich und mürrisch zu werden, wenn sie allein
gelassen wurden, mit bloßen Füßen zu gehen, auf
hartem Lager zu schlafen, Winter und Sommer
gleiche Kleider zu tragen, und sich nie vor ihres
Gleichen zu fürchten.

Im siebenten Jahr wurden sie aus ihrer Eltern
Haus genommen und in die Klassen zur öffentlichen
Erziehung gethan. Hier war ihre Zucht fast nichts
Anderes, als eine Uebung in Ertragung aller Be-
schwerden, in Selbstverläugnung und Gehorsam.

In diesen Klassen führte einer von den ältesten und erfahrensten Knaben die Oberaufsicht, schrieb die Uebungen vor und hatte Macht, die Widerspenstigen zu züchtigen, um sie zur Subordination zu gewöhnen.

Selbst ihre Spiele und Leibesübungen waren nach der strengsten Zucht eingerichtet und bestanden aus Arbeiten und Beschwerden. Sie gingen barfuß, mit geschorenen Köpfen und mußten nackt mit einander fechten. Die Sprache des Spartaners war so sparsam, als sein Geld groß und schwer. Alle prahlerische Gelehrsamkeit war aus diesem Staat verbannt; ihr einziges Studium war: Gehorchen, woran es dem gemeinen Soldaten der Westfranken gar zu sehr fehlt. Daher war es auch ihr einziger Stolz, Beschwerlichkeiten aller Art zu ertragen. Alle Kunst wurde gebraucht, sie gegen künftige Gefahren abzuhärten. Zu diesem Ende wurden sie jährlich an dem Altar der Diana gegeißelt, und derjenige Knabe, welcher diese schmerzhafte Behandlung am standhaftesten ertrug, ging als Sieger ruhmvoll davon.

Dieß geschah öffentlich vor den Augen ihrer Eltern und in Gegenwart der ganzen Stadt; und oft gab einer unter dieser harten Züchtigung seinen Geist auf, ohne einen Seufzer auszustoßen. Selbst ihre eigenen Väter, wenn sie ihr Kind mit Blut und Wunden bedeckt und im Begriff sahen, den Geist aufzugeben, ermahnten sie, mit Standhaftigkeit und Entschlossenheit auszuhalten. Da sah man keine Thräne des Mitleids; da hörte man kein Wort der Bedauerniß. Plutarch, welcher versichert, daß er mehr als einmal Kinder unter dieser grausamen Behandlung sterben gesehen, erzählt uns von einem, der, als er einen gestohlenen Fuchs unter seinem Kleid trug, sich von ihm den Bauch zerfressen ließ, um seinen Diebstahl nicht kund werden zu lassen.

Man sieht, daß jede Einrichtung dahin abzweckte, Körper und Geist zum Kriege zu härten. Um sie zu Kriegslisten und plötzlichen Ueberfällen abzurichten, erlaubte man den Knaben, einander zu bestehlen; wurden sie aber auf der That ertappt, so bestrafte man sie wegen Mangel an Geschicklichkeit.

Im zwölften Jahr wurden die Knaben in eine höhere Klasse versetzt. Hier wurden, um den Samen des Lasters, welcher um diese Zeit zu keimen anfing, gänzlich auszurotten, Zucht und Arbeit zugleich mit dem Alter vermehrt. Hier hatten sie ihren Lehrer aus den Männern, welcher Pädonomos hieß, und unter ihm die Irenen, junge Leute aus ihrer eigenen Mitte erwählt, um eine beständige unmittelbare Zucht über sie auszuüben. Nun hatten sie ihre Scharmützel zwischen kleineren Parteien, und ihre ordentlichen Treffen zwischen größeren Haufen. In diesen fochten sie oft mit Händen, Füßen, Zähnen und Nägeln mit solcher Hartnäckigkeit, daß es etwas Gewöhnliches war, sie ihre Augen und oft ihr Leben verlieren zu sehen, ehe der Sieg entschieden wurde.

So war die beständige Zucht während ihrer Minderjährigkeit beschaffen, welche bis in's dreißigste Jahr dauerte, vor welchem es ihnen nicht erlaubt war, weder zu heirathen noch Kriegsdienste zu thun, noch irgend eine Staatsbedienung zu verwalten.

Was die Mädchen betrifft, so war ihre Zucht eben so strenge, als der Knaben, damit sie durch ihre Weichlichkeit nicht einst ihre Männer verderben möchten. Sie wurden zu ununterbrochener Arbeit

und Geschäftigkeit gewöhnt bis in's zwanzigste Jahr,
vor welcher Zeit sie nicht heirathen durften. Sie
hatten auch ihre besonderen Leibesübungen. Sie
liefen um die Wette, rangen, warfen nach dem
Ziel und verrichteten alles dieses nackt vor der
ganzen Versammlung der Bürger. Dieß ward auf
keine Weise für unanständig gehalten, indem die
Erfahrung lehrte, daß der öftere Anblick nackter
Personen beiderlei Geschlechts die Neugierde stillte
und jede wollüstige Begierde eher unterdrückte, als
erregte.

Eine so männliche Erziehung brachte auch bei
dem weiblichen Geschlechte in Sparta gleiche Ge-
sinnungen hervor. Sie waren kühn, mit schlechter
Kost zufrieden und patriotisch, voll von Gefühl der
Ehre und Begierde nach kriegerischem Ruhm. Als
einst einige ausländische Frauenzimmer in Gesellschaft der Gemahlin des Leonidas sagten: die
spartanischen Weiber allein verstünden die Kunst,
ihre Männer zu beherrschen, erwiederte sie stolz:
die spartanischen Weiber allein bringen Männer
zur Welt. Eine Mutter, als sie einst hörte, daß
ihr Sohn für sein Vaterland fechtend umgekommen,
antwortete ohne alle Bewegung: dazu hab' ich
ihn geboren. Was Wunder also, wenn nach der
Schlacht bei Leuktra die Eltern derer, die im
Treffen geblieben waren, in den Tempel gingen
und den Göttern dankten, daß ihre Söhne ihre
Pflicht gethan, indessen die Andern, deren Kinder
diesen schrecklichen Tag überlebt hatten, untröstbar
waren.

Außer diesen mit der Staatsverfassung verbun-
denen Grundsätzen, herrschten noch viele andere
Maximen unter ihnen, welche nicht anders als

Gesetze betrachtet wurden. So war's ihnen z. E. nicht erlaubt, irgend ein Handwerk oder mechanische Kunst zu treiben. Die vornehmste Beschäftigung der Spartaner bestand in Leibesübungen oder in der Jagd.

Die Heloten, die einige hundert Jahre vorher ihre Freiheit verloren hatten und zu ewiger Sklaverei verdammt waren, mußten ihnen ihre Ländereien pflügen, wofür sie weiter nichts, als ihren bloßen Unterhalt zum Lohn bekamen. Liebe für ihr Vaterland und für das allgemeine Wohl war die herrschende Leidenschaft der Spartaner.

Der stille Denker ziehe hier eine Parallele zwischen diesem Patriotismus und dem jetzigen Patriotismus der Deutschen. —

Unter andern Marimen dieses Gesetzgebers in Sparta war den Bürgern auch verboten, gegen einen und denselben Feind oft hintereinander Krieg zu führen. Dieses Verbot hatte die Absicht und Wirkung, daß sich keine eingewurzelte und zu weit getriebene Feindseligkeit bei ihnen festsetzte, daß sie nicht in Gefahr kamen, diejenigen, welche sie bekriegten, in ihrer Kriegsmethode zu unterrichten, und daß sie alle ihre Bündnisse auf diese Art öfters erneuern konnten.

Es scheint überhaupt ein Fehler unserer jetzigen Zeit zu sein, daß man Nationen gegen Nationen, in und außer dem Kriege, einen unauslöschlichen Haß einzuprägen sucht, da man doch die Erempel weiß, daß, nach dem heutigen mehr verwickelten Interesse der Staaten unter- und gegeneinander, diejenigen Nationen mit einander in Bündniß treten, die erst in der letzten Decade noch einander bekriegten und also auch umgekehrt, wo es sodann zum

Nachtheil des gemeinschaftlichen Interesses an nöthi=
ger Harmonie fehlt.

So oft die Spartaner den Feind in Unordnung
und zum Weichen gebracht hatten, verfolgten sie
ihn nicht weiter, als nöthig war, sich des Sieges
zu versichern. Sie hielten es sich für rühmlich ge=
nug, gesiegt zu haben, und schämten sich, einen
fliehenden Feind zu tödten. Dieß hatte nicht selten
eine gute Wirkung bei ihren Feinden, welche muß=
ten, daß Alles, was sich widersetzte, niedergehauen
wurde, mithin oft die Flucht, als das sicherste
Mittel, ihr Leben zu retten, viel eher ergriffen.

Also schienen Tapferkeit und Edelmuth die herr=
schenden Triebfedern dieser neuen Verfassung zu sein;
Waffen waren ihre einzige Uebung und Beschäfti=
gung; aber im Lager war ihr Leben nicht so streng
als in der Stadt. Die Spartaner waren das ein=
zige Volk in der Welt, dem die Zeit des Kriegs
eine Zeit der Gemächlichkeit und Erquickung war,
weil dann die Strenge ihrer Sitten etwas herab=
gespannt und größere Freiheiten ihnen zwar ge=
stattet wurden, ohne jedoch in Zügellosigkeit aus=
zuarten oder der durchaus nöthigen Subordination
dadurch Eintrag zu thun.

Ihr erstes und unverletzliches Kriegsgesetz war,
nie ihrem Feinde den Rücken zuzukehren, so sehr er
ihnen auch an Macht überlegen sein möchte, und
ihre Waffen nicht eher, als mit dem Leben von sich
zu geben. Also entschlossen, zu siegen oder zu ster=
ben, gingen sie ruhig, mit aller Zuversicht eines
glücklichen Ausgangs, dem Feind entgegen, über=
zeugt, daß sie entweder einen glorreichen Sieg, oder,
was ihnen gleich viel galt, einen ehrenvollen Tod
davon tragen würden.

Um nun ihre Sicherheit von nichts Anderem, als

XII.   5

von ihrer Tapferkeit zu erwarten, verbot ihnen ihr
Gesetzgeber, die Stadt mit Mauern zu umgeben.
Sein Grundsatz war, wie Friedrich's des Großen von
Preußen, eine Mauer von Menschen sei besser, als
eine Mauer von Steinen, und eine eingesperrte
Tapferkeit sei nicht viel besser, als Feigheit. In
der That brauchte auch eine Stadt, in welcher sich,
ohne die Heloten, dreißigtausend Krieger befanden,
keine Mauern zu ihrem Schutz, und wir haben kaum
ein Beispiel in der Geschichte, daß sie sich bis in
ihre letzte Zuflucht hätten zurücktreiben lassen. Krieg
und dessen Ehre waren ihr Geschäft und ihr Stolz.
Sie bedurften keines Seehandels, waren mit den
Produkten ihres Landes zufrieden und genossen eine
innere häusliche Zufriedenheit. —

Seht, meine Herren Franzosen! das heißt:
Werdet Spartaner! so wie sie ihr
Gesetzgeber Lycurgus gebildet.

II.

Napoleon der Gaukler,

oder

Glückseligkeit durch Zerstörung.

Deutschland, 1814.

Vorrede.

In einer Zeit, wo alle Greuel des Kriegs un-
gezügelt und noch nie erhört die Tagesordnung
bildeten; wo selbst die Grenzen überschritten wurden, die sonst sieggewöhnte Barbaren sich vorzeich-
neten; wo man alle Sittlichkeit verhöhnte und dem
Laster Thor und Thür öffnete; wo man Völkerrechte
mit Füßen trat und Freiheit des Geistes der Mum-
merei weichen mußte; wo bescheidene Aeußerungen
gegen willkürliche Erpressungen, oder wohl gar ge-
waltsamen Raub als Majestätsverbrechen angesehen
wurden; wo man der Vernunft vorgaukelte: die
Menschen glücklich zu machen, indem man Völker
in den Zustand der Barbarei zurückwarf und Menschenrechte der Herrschsucht aufopferte; wo man Hin-
gebung häuslicher Ruhe, Entsagung aller Glückseligkeit des Lebens forderte, Anhänglichkeit an das
System der Zerstörung Patriotismus nannte und
den Beweis durch Kerker und Tod führte. Da
empörte sich die Vernunft gegen den Krieg, und der

5 *

Geift forfchte unwillfürlich, ob nicht einige Ver=
minderung der Kriege unter fogenannten cultivirten
Völkern Statt finden könnte. Da fand fich leider,
daß Kriege fein werden, fo lange Menfchen Men=
fchen bleiben, d. h. fo lange fie Leidenfchaften haben
werden, die nie als getrennt von ihnen gedacht
werden können. Aber Verminderung wäre doch
möglich. Kriege müßten in der vernünftigen Welt
nur als Erceffe, fo wie jedes Verbrechen, und als
das Verbrechen aller Verbrechen, als Inbegriff aller
Lafter und Greuelthaten angefehen und behandelt
werden; allein wie viel Vertheidiger findet nicht die
fchändlichfte aller menfchlichen Handlungen (Krieg)!
Man fuchte feine Nothwendigkeit zu beweifen und
der knechtifche Verftand erfann glatte Worte, um
das Verbrecherifche gegen die Menfchheit, das Ge=
fetzwidrige gegen Vernunft und Moral, was darin
liegt, zu verftecken und der fchlechteften unter allen
menfchlichen Handlungen eine Schminke zu leihen,
die der Hauch der Vernunft fogleich verweht. Man
nannte Länderraub — Eroberung; Herrfchfucht —
Größe des Geiftes; fo nannte man Alexander den
Zerftörer: „den Großen ꝛc." — Wortbrüchigkeit,
worauf fich neue Kriege gründeten, belegte man
mit dem fchmeichelhaften Namen Politik; und fo
wurde immer den jungen politifch erzogenen Prin=
zen die Zeit zu lange, um mit eintretender Voll=
jährigkeit auch Eroberer, auch Vermehrer ihres
Reichs zu werden, und in der Gefchichte zu glänzen
wie ihre Vorfahren. Man erdachte Sinnbilder,
um den höchften Auffchwung der Staaten (Adler)
oder die Bezwingung alter Mindermächtigen zu be=
zeichnen (Löwe), Kraft und Muth darzuthun, und
fo deutet Alles auf Rechtmäßigkeit der Willkür des
Mächtigern, die die Vernunft nie anerkennen wird.

Wahrheit und Geradheit müßten demnach an
die Stelle der niedrigen Schmeichelei treten und die
gesammte Vernunft müßte darauf losarbeiten, den
Krieg als die schändlichste aller Handlungen, als
den Inbegriff alles Lasters darzustellen, wie uns
der gegenwärtige deutlich gelehrt hat.

Vertheidigungskriege müßte man nur als noth-
wendiges Uebel betrachten und das Böse darin
verabscheuend ausmalen. In die Erziehung der
Prinzen müßte nur Moral gelegt werden und die
unglücklichen Folgen des Kriegs ihnen zum Sinn-
bild dienen.

Aus diesem Gesichtspunkte wünscht der Verfasser,
daß seine Aufsätze möchten betrachtet werden.

Natur.

Ich theile dir treu mit, lieber Emir, die Offenbarung im Traume. Träume sind Eingebungen der
Gottheiten.

Mein Genius führte mich auf den Gipfel der
höchsten Berge Asien's. Noch lag die Natur im
Dunkel der Nacht — noch funkelte der Sterne tau-
sendfältiges Licht. Siehe wie schön, wie erhaben
liegen diese Welten vor dir! unendlich im unendlichen Raume, durch ewige Kraft bewegt, ewig
ihre Bahn beschreibend, gefüllt mit Millionen Ge-
schöpfen tausendfältiger Art, deren Zahl die Un-
endlichkeit der Welten unendlich zurückläßt: Alles
nach ewigen Gesetzen geordnet. Sieh' und bete an!

Heilige Ehrfurcht erfüllte meine Seele: Ich
ahnete nur, ich erkannte noch nicht. Im Halbdunkel
lagen noch die Berge, die Thäler. Endlich entwand

sich die Sonne der Dämmerung. Majestätisch und groß stand sie vor mir, — ein Meisterstück der Natur, ihr Lichtglanz verdrängte das Halbdunkel der Nacht. Ein Lichtmeer überströmte die Erde und wie eine neue Schöpfung traten Berge und Thäler, Wiesen und Felder hervor, herrlich geschmückt und lieblich und klar. Erstaunt und hochgerührt, ergriffen von der heiligsten Verehrung, Anbetung, stand ich da — — wie, wenn die Offenbarung das unbekannte Wesen immer nur geahnet, von den Menschen unbezweifelnd und klarheitsvoll im Glauben dargestellt, und alle Nationen der Erde, voll von heiligem Drang, einstimmig ausrufen: Es ist ein Gott! so lichtvoll stand vor meiner Seele das Bild der Allmacht, und mein Herz sprach laut: Ja, nur ein einziger Gott, und das sind seine Werke!! Du hast nun gesehen, Natur, der Schönheiten Fülle, der Natur reiche Spende, rastloses Arbeiten, bestimmt für den Menschen reichlicher, als es die Nothdurft erheischt, hervorzubringen. Du kennst den Menschen, ein Meisterstück aus der Hand Gottes, gut und mit weichem Herzen geschaffen, das Gesetz der Menschlichkeit und der Bruderliebe tief in seine Seele gegraben; lerne ihn auch kennen den Menschen von Vorurtheil, von Leidenschaften gegängelt, sieh ihn im Krieg. Dort, tief im Norden, wütet ein Krieg, der Menschheit unbekannt. Entmenscht steht er da, der Mensch, und grausam, den Tiger weit übertreffend, in der Wuth halb Thier, halb Teufel, des Menschenmordens kein Ende. — Noch rauchen jene Gegenden zur Linken vom Blute der Erschlagenen! Keine Schonung dem Säugling an der Brust der Mutter — unglücklich auf immer — keine Schonung für die Hütten des Bettlers: Alles den Flammen geopfert! Verwüstung und

Zerstörung in den Gefilden, in dem reichsten Segen
der Natur! Keine Schonung den Tempeln, Woh-
nungen des Höchsten und seiner Diener; Spott der
Natur und ihren Kräften, indem zur Rechten ein
Feuermeer unzähliger Flammen sich bildet. Es ist
die erste Stadt des Reichs, eine der größten der
Welt, der letzte Zufluchtsort der Veröbeten des
Landes! Dort siehest du Tausende an Zahl in
Schrecken und Verzweiflung flüchten in die Einöden
und Wüsten, ohne Obdach und Nahrung, dem Hun-
gertode entgegengehen, den Urheber des Unglücks
verfluchen. O! dort wüthen die schrecklichsten Greuel
des Kriegs, ungekannt in der Vorzeit!

Richte deinen Blick wieder zur Linken!

Da liegen sie nun, von der Natur gerichtet, die
Peiniger, die Würger, von Hunger und Frost er-
starrt — nagend an erfrornen Gliedern, die Aas-
vögel beneidend des reichen Mahles — verfluchend
ihren Treiber — verfluchend ihren Schöpfer und
ihre Geburt. Aeußerungen der höchsten Wuth, der
Verzweiflung, schreckenvoll ihren Geist aufgebend! —

Dort dicht in den Heeren erkennst du auch den
Würgengel der Nationen, angestaunt von seinen
Würgern, Helfershelfern der Tyrannei; schwankend
in Entschließung, zagend für die Zukunft. O! es
wird eine Zeit kommen, die Zeit der Vergeltung,
die Zeit der Reue, die Zeit der Pein! Das Bild
der Qualen der Unglücklichen wird dich stets um-
schweben und deine Folter werden! — das Bild
der Verzweiflung der Millionen wird deinen Geist
zerrütten, deine Gebeine werden nicht ruhen im
stillen Grabe; wilde Thiere werden mit deinem
Schädel spielen, und der vorübergehende Wanderer
wird verachtend ausrufen: Das sind noch die elenden
Ueberreste von den Verworfensten der Menschheit!

Der Geiz ist die wahre Unersättlichkeit; er frißt am Ende der Mahlzeit noch sich selbst zum Dessert auf.

Wehe dem Lande, dessen Fürst Eroberer ist! Er spendet das Mark seiner Unterthanen, um den Feind darin zu braten und seinem Herrscher einen Leckerbissen zu bereiten, der am Ende den Erstickens= tod davon sterben muß, indem es selbst dem Ent= kräftungstode zueilt.

Heuschreckenheere ziehen, verheeren unsere Fluren,
Und Sonnenbrand beginnt; Vernichtung sind die
Spuren.
Aus Norden, großer Zeus! Aus Norden schickst
du Regen,
Aus Norden donnerst du, aus Norden kömmt dein
Segen.
Dank sei dir, großer Dank, für deinen Donnerkeil,
Von dort her hilfst du uur, von dort her kömmt uns
Heil.

Ehrsucht und Zufriedenheit.

Sage mir doch, Frau Zufriedenheit, wie du es anfängst, daß du alle Stürme des Lebens, Ver= folgung und Schmach, Geringschätzung und Ver= achtung, Armuth und alle Leiden der Zeit so ruhig

erträgst? wie du das Glück deiner Zeitgenossen,
den Ruhm und die Ehre, die Erhebung aller Handlungen des Mächtigern, die oft an Anbetung grenzt,
so gleichgültig ohne Gier und Neid ansehen, und
selbst den Tod ruhig erwarten kannst?

Ich setze nie, Frau Ehrsucht, wie du, einen
Werth in Dinge, die nur das Vorurtheil erhebt,
und ihnen das gibt, was sie wesentlich nicht besitzen.
Ich schätze das reelle Gute und verachte das ge-
schminkte Böse; denn das Aushängeschild ist mir
immer ein Zeichen des Unwerthes der Sache. Ich
ehre die Tugend und hasse das Laster. Ich strebe
nach den wesentlich edlen Dingen und hasse den
Tand, Stern, Band und Orden. Ich bin ruhig
bei den Stürmen des Lebens, überzeugt von ihrer
kurzen Dauer. Verfolgung und Schmach geben mir
einen Beweis von meinem höhern Werthe, den mir
der Neid nicht rauben kann. Nachstellung und
Rache — Aeußerungen des beleidigten Vorurtheils
und Aberglaubens, erheben meine Seele zum höhern
Standpunkt, zur Großmuth. Das wahre Glück
meiner Zeitgenossen erinnert mich an das meinige
und gewähret mir Ruhe der Seele, und ich finde
mich glücklicher durch die Theilnahme. Das Ein-
gebildete erzwingt mir eine Thräne des Mitleids,
des Bedauerns.

Ich verstehe dich nicht ganz, Frau Zufriedenheit;
aber es scheint, als wolltest du Moral predigen.
Ein Unding für die, die weiter streben und denken
als du.

Ich empfinde tief deinen Spott, aber nur mit
großem Bedauern. Leider ist die Moral ein Unding bei dir und deines Gleichen; aber nur das
Vorurtheil gab dir den unglücklichen Begriff, daß
der Zweck die Mittel heilige, die Frau Leidenschaft

einschlägt. Deine Schwestern — ihre Geburten:
Unmenschlichkeit, Herrschsucht und Unvernunft —
stimmen treu mit ein. Frau Leidenschaft, auch deine
Mutter vollendet das schreckliche Werk. Deine und
ihre Helfershelfer: Dummheit, Sklavensinn, Un-
barmherzigkeit, Ruhmsucht, Rachbegierde und blinder Gehorsam, schließen den fürchterlichen Kreis
zum Verderben um die Menschheit. Treue und
Bruderliebe, Barmherzigkeit und Tugend, Billigkeit und Rechtschaffenheit, Moral und Religion der
Vernunft, Gesetzlichkeit und die Vernunft selbst mit
ihrer Begleiterin: Denkfreiheit sind ausgestoßen aus
diesem Zirkel, die ganze Menschheit umschlungen
von dem Gelichter der Tyrannei; nur der Gerechtigkeit Abdruck ganz verkrüppelt, taub und blind
für alles Gute, befestiget zur Seite der Gnade,
dienen der Barbarei noch zum Aushängeschild, zur
Täuschung, Entehrung und Schande für die Menschheit!

Seitdem ist es, daß Mord und Raub, Krieg
und Blutvergießen, Zerstörung aller Glückseligkeit
der Menschen begonnen; seitdem ist es, daß ich
nur noch in die Hütten der Dürftigen einkehre und
deine Paläste und die Paläste deines Gelichters so
geflissentlich fliehe.

Deutscher Mann!
Ein Aufruf an das Vaterland.

Deutscher Mann! was warest du einst, was bist
du jetzt, und was wirst du werden in der Zukunft?
Einst lag in deinem Charakter Festigkeit, Bieder-

keit und Treue; redlich meintest du es, wenn du deinem Bruder traulich die Hand drücktest, und heilig war dir dein Versprechen ohne Eid und Schwur.

Billigkeit war deine schönste Zierde, wenn das eiserne Gesetz deinem Bruder Thränen erpreßte; und Rechtschaffenheit der Lorbeerkranz des Namens „Deutscher." Religion und Tugend bildeten das Band, das den deutschen Mann an den deutschen Mann kettete und sie zur gemeinschaftlichen Seligkeit des Erdenlebens so mild umschlang.

Freiheit des Geistes gab dir den Vorzug vor andern Nationen; und dein Vaterland war die Wiege der Künste, der Erfindungen, der Wissenschaften, wie einst Griechenland. Alle Nationen staunten die Kraft deines Körpers, deines Geistes an und fürchteten den Angriff auf deinen Wohlstand.

Der Flor deines Handels, deiner Industrie werth, beglückte die deutschen Völker; und selbst der getrennte Zustand konnte deinen Charakter nicht erschüttern. Noch standest du kraftvoll da, wie die tausendjährige Eiche, wenn sie dem fürchterlichen Sturm trotzt, der die Wellen formt, sie gewaltsam zerreißt und deinem Auge in der schrecklichsten Tiefe den Abgrund zeigt: als einst eine verrätherische Nation, Wollust athmend, durch Schlangenwege, Pomp und äußern Glanz, glattzüngig und geschmeidig den deutschen Mann zu sich hinzog und sich in seine Mitte drängte. O! da war es, da wurde sein Unglück besiegelt! O! da war es, wo die Herrscher, blödsichtig genug, die Natter in ihren Busen aufnahmen — den Biedermann zurückstießen — die sie jetzt selbst umwindet und langsam dahin martert. Ach, deutscher Mann! indem sie jetzt vollendet, die Herrscher zu vernichten, wirft sie sich gewaltsam auf das Volk und verzehrt das Mark seiner Kraft.

Schrecklich ist dein Zustand, und noch schrecklicher die Zukunft! Ihre Brut brachte ungekannte Sünden unter dein Geschlecht und vergiftete den Boden, den du bewohnst. Deine Sitten? O! dahin sind sie, ersäuft in dem Meere der Wollust, fortgewälzt mit den Fluthen, deine Treue, deine Redlichkeit! O! schrecklich wüthet jetzt das fremde Gift in deinen Adern, in deinem Mark und zernagt deine Gebeine, und das glückliche Gebäude deines Charakters stürzt morsch dahin und bedeckt den Rest deiner Glückseligkeit für immer!

Deutschland! Jene Tugenden waren längst nicht mehr die einheimischen Pflanzen auf vaterländischem Boden, treu gepflegt von den Alten. Die Giftpflanze jener verworfenen Nation wuchert schrecklich; sie besudelt unter tausendfältigen Formen deinen heiligen Boden und erstickt das Lebensprinzip in seiner Wiedergeburt. Jene Glattzüngigkeit schmeichelte der Habsucht der Herrscher; sie haschten nach dem Phantom des Gauklers, und betrogen, betrogen das Volk; und das war dein Fall!!!

Dein Wohlstand, einst wetteifernd mit den beglücktesten Ländern Europa's, o! dahin ist er, verschlungen von dem großen Drachen, der den Mond belagert, ihn zu verschlingen droht und noch mit unersättlicher Wuth nach den Sternen hin giert.

Deutscher Mann! nackt und ohne Kraft, ausgesogen das Blut aus deinen Adern, das Mark aus deinen Gebeinen, stehest du nun da, ein Bild des Elends, des Jammers, selbst der wohlthätigen Thräne nicht mehr mächtig, ein Opfer der Zwietracht deiner Herrscher, deiner Schlaffheit, erzeugt auf diesem neuen Boden, den der Fluch so schrecklich traf. Das Attentat auf die Freiheit deines Geistes, deinen Unterdrückern gelungen, vollendet

dein Elend und bringt zur Verzweiflung den den=
kenden Mann. Von Tausenden der Verräther um=
lagert, selbst von deutschem Blute entsprossen (un=
werth des großen Namens), erstickt in dir der Wahr=
heit Kraft und versiegt die Hoffnung zur deutschen
Wiedergeburt. Doch, noch ist nicht dahin die Kraft,
wo sich noch Spuren des Lebens zeigen! Deutscher
Mann! das Eis erweckte oft Todte: das Eis des
Nordens ist kräftiger wirkend, als je. Es erweckte
die Preußen; und die neue Wiedergeburt gab ihnen
neue Kraft ohne Gleichen.

Deine Pflichten für Freiheit und Vaterland for=
dern Nachahmung und deine letzte Stärke, und die
noch seufzenden Nationen deinen starken Arm. Diese
Alles vernichtende Hyäne verstumpfte ihren Zahn
an den Eisbergen des Nordens, und durch den
Stoß der Vaterlandskraft verblutet sie sich jetzt in
den Gegenden bei Leipzig: Vaterlandsliebe wird
auch deinen Arm stählen und die gerechte Sache
deinen Muth. Deine Pflichten fordern dich auf zu
raschen Entschließungen: die Vorsicht gebeut es,
dieser Hyder, deren Köpfe schon einmal regnerirten,
kraftvoll zu entgegnen und den letzten Stoß zu ge=
ben; und die künftigen Nationen werden dich noch
segnen und deinen Namen mit Achtung nennen.

Der Same zu einem glücklichen Werden ist
ausgestreut durch die Nationen: Ein Gemeingeist
beseelte die Völker verschiedener Religionen und
Gesetze für Freiheit und Vaterland. „Vaterlands=
liebe! Tod den Tyrannen!“ war der gemeinsame
Einklang des halben Erdkreises; und die Herrscher
faßten Vertrauen auf die allgemeine Liebe, auf die
laute Stimme des Volks, und vertrauend begannen
sie das große Werk zur Rettung ihren Thronen,
zur Befreiung ihrer Völker. Auch sie beseelt

seitdem ein Geist, der Geist der Eintracht; ein eisernes Band umschlingt die sonst schwankenden Gemüther, und Biederkeit und Treue vertritt die Stelle der verderblichen Politik.

Deutscher Mann! Du rettetest die morschen Throne von dem Einsturz; hilf sie auch nun besestigen; denn du siehest in eine glückliche Zukunft für Kinder und undenkliche Zeiten. Der Einklang zwischen Volk und Herrscher, dieser glückliche Frühling, birgt dir die goldnen Früchte der unausbleiblich reichlichen Ernte des ersehnten Herbstes. Die harte Prüfung deiner Herrscher weist sie hin auf den erprobten Grundsatz: „daß nur die Liebe des Volkes die eherne Stütze des Thrones ist, und daß Freiheit der Nationen mit den Gesetzen der Vernunft und denen eines wohlgeordneten Staates nicht nur verträglich, sondern auch vereinbarlich ist." Sie werden erkennen, daß Unterdrückung des Geistes, Unterdrückung der gemeinschaftlichen Ansprüche auf Gesetzlichkeit, Verletzung der Menschenrechte immer die Quelle der Empörung der Staaten war, von Zeiten zu Zeiten. Sie werden, durch Erfahrung an sich selbst geleitet, ihre eignen Ohren dem unterdrückten Volke leihen, und mit eignen Augen sehen, was ihnen sonst nur zugelangte durch das große Sprachrohr des Eigennußes und der Schmeichelei ihrer Diener. Die Angelegenheiten ihres Volkes werden ihnen heilig sein; und Unverletzlichkeit seiner Rechte und Freiheiten wird an die Stelle der Raubsucht und Willkür ihrer Diener treten. Sie ist zerbrochen die große Kette der Gaunerei, die von den Ersten zunächst den Thronen bis zum Schergen reichte. Ihre eignen Unfälle, durch die Treulosigkeit ihrer Stellvertreter erzeugt, werden sie hinführen an die unglückliche Scheidewand zwischen Volk und Herrscher, als die alleinige Ursache des Hasses und der Empörung gegen ihren Souverain. Sie werden den ungeheuren Polyppen (Regie), in Frankreichs Meeren geboren, der mit seinen Wurzeln die Throne untergräbt, die vielfältigen Arme, die die mancherlei Zweige der Industrie und des Wohlstandes der Unterthanen in den Ocean seiner Schwelgerei ziehen, mit Geschwindigkeit und gemeinschaftlicher Kraft lähmen, und dem ersterbenden Wohlstand der Völker die wohlthätigste Arznei reichen. Volk und Herrscher werden sich lieben und vertrauen und die goldenen Früchte eines ewigen Friedens genießen, und das Glück der Völker wird sein der Fels der Throne.

Fürsten! erinnert euch aber auch der Liebe eurer Unterthanen; vergesset nicht der Gatten, der Väter, die Alles verlassen, was ihnen am theuersten war, und euch zu Hülfe eilen; vergesset nicht der Verlobten, denen nur Fürst und Vaterland am heiligsten sind; vergesset nicht der Greise und Väter, die die Jünglinge entflammen, und Vaterliebe der Liebe zum Fürsten so willig auf den Altar des Vaterlandes zum Opfer legen! Gedenket eurer Völker nach vollbrachtem heiligen Kampfe, geheiliget durch den Gemeingeist der Nationen! O! sie ist tief geschlagen, die Wunde, die der Würgengel den Nationen schlug; sie ist tief geschlagen und blutet schrecklich! Nur zweckmäßige Arzneien können sie heilen und schnelle Hülfe. Die einfachsten Mittel waren immer die wirksamsten in allen Staaten. Frankreichs kraftvoller Staatskörper erkrankte nur alsdann, als hunderttausende von Vampiren sich an Blut und Mark setzten; als die Einfachheit der Verwaltung und die Einfachheit der Erhebung der Staatslasten aufhörte, Vielfachheit an ihre Stelle trat, und die Lasten unsäglich vermehrte. Da schwand auch Moralität und Liebe zum Herrscher, und Gaunerei von Seiten der Staatsdiener, und Betrug von Seiten des Volks füllte diese heilige Lücke; und die Armuth der Unterthanen und die Schulden des Staats mehrten sich in gleichem Verhältniß, als Unlauterkeit zunahm. Hört, Fürsten! die Hälfte der Lasten sind dem Volke erlassen: wenn es Wahrheit ist, daß die Vielheit der Hände dem Sande gleicht, worauf ein Schneeballen fortgewälzt wird. Die Ehrlichkeit des Volks wächst mit dem Zutrauen des Fürsten und mit der gerechten Strenge und Unparteilichkeit, die bei einer überwiegenden Dienerschaft nie Statt findet.

Ist aber die große Scheidewand zwischen Volk und Herrscher zerbrochen, so gelangt Alles zu den Ohren des Fürsten, und Volk und Herrscher arbeiten für Gott und Vaterland; und Gott wird Fürsten und Vaterland segnen, denn Gott segnet nur die, welche gesegnet sein wollen!

Naffir und Behub, oder Vernunft und Vorurtheil.

Schon lange regte sich in mir das heiligste der Gefühle, das Gefühl nach Ruhm und großen Thaten, würdig meiner Voreltern. Stürmisch, wie im Eingeweide des Vulkans die Flamme wüthet, wenn sie, vom äußern Druck zurückgehalten, Zerstörung und Zerrüttung im Innern verbreitet, so wüthet es in meiner Brust und meine Gesundheit wankte schon lange. Unaufhaltsam ist mein Durst nach Ruhm und Ehre, günstig zeigt sich jetzt Gelegenheit für den jungen, kraftvollen Mann. Im Süden entspinnt sich ein Zwist unter den Beherrschern, die Freundschaft gegen Omio erfordert meinen Arm: es betrifft die geheiligte Religion unserer Väter. Was ist dein Rath, lieber Nassir?

Entheilige nicht, junger Mann, das wahrhaft Heilige in dir; das, was du heilige Gefühle nennst, sind schändliche Aufregungen deiner Leidenschaften, die das Vorurtheil begünstigt und die falschen Begriffe von Ehre und Ruhm anfachen, eingeflößt durch die Erzieher und Schmeichler.

Das wahrhaft Heilige legte der Unerforschliche tief in dein Herz und bestimmte es zu deinem Führer durch's Erdenleben. Folge ihm auch, wenn es mit dem Vorurtheil der Zeit und deinen Leidenschaften in Streit geräth, und es leitet dich wieder auf die rechte Bahn. Das Herz, noch unverdorben, hat immer recht! Es ist das Gefühl für die Pflichten der Menschheit, der Tugend und Religion, die dem Herrscher heiliger sein sollen, als den Gehorchenden. Was deine Schmeichler Sklaven nennen, sind Menschen wie du, es sind deine Brüder. Dein und deiner Brüder Leben zu erhalten, sei deine erste Pflicht; Tugend und Rechtschaffenheit zu verbreiten, und so deine Unterthanen auf den Pfad der Glückseligkeit (Eintracht) zu leiten, sei deine zweite und dein stetes Bestreben.

Die Vorsehung bestimmte dich zum Regenten; komm deiner Pflicht nach, und erfülle den Willen des großen Brama.

Aber woher nehmen, Nassir, den Ruhm für die Nachwelt, die Ehre auf Enkel und unendliche Zeiten, woher das Alles, als im Kampf?

Ja wohl, nur im Kampf, lieber Behud, aber nur im Kampf der Vernunft mit den Leidenschaften,

XII. 6

mit den Begierden, heftig und stürmisch wie die
deinigen, eingeflößt in der Erziehung, der Erziehung der Prinzen so eigen. In Bekämpfung deines
Herzens, geleitet durch der Höflinge Schwarm, gleich
dem Gezücht der Hummeln, das Edelste deines Herzens dir entrissen — Menschlichkeit und Pflichtgefühl.
Kehre zurück und gib wieder dem Menschen den
Menschen, nur der Tiger dürstet nach Blut. Es
sind deine Brüder, die du vernichten willst, zum
nämlichen Zweck von der Gottheit bestimmt: wirf
aus den Tyrannen ewiger Zeiten, Vorurtheil ist
sein Name! gib zurück diese Mißgeburt, dir unter-
geschoben: ausgebrütet im Herzen jener Verworfenen.
Das Verlorne des Herzens, das Edelste, kehrt von
selbst zurück. Glaube mir, der Mensch ging rein
und gut aus der Hand des Schöpfers, nur Beispiele und Erziehung entmenschen den Menschen,
entwürdigen ihn zum Thier. Der Allesvermögende,
der den unendlichen Raum hervorrief und ihn in's
Unendliche mit Welten füllte, der ihnen ihre Bahn
vorzeichnete und ewige Gesetze der Erhaltung in
das All legte, in dessen Wort Schöpfung und Vernichtung liegt, dessen höchster Zweck der Mensch ist,
wie, lieber Behub, wie? O! der Gedanke selbst ist
Entheiligung der Gottheit. Brama will keinen
Krieg!!

Du erschütterst sehr mein Herz, Nassir, und der
Wahrheit Kraft dringt tief in meine Seele. Aber
selbst das heilige Buch der Eingebung gibt Beispiele von Krieg, selbst unter den reinen Geistern,
von erhaltenem Sieg, von Sieg, auch zugetheilt
den Erwählten auf Erden, sollte das nicht der
Wille Brama's sein, was uns durch Eingebung
geworden?

Dieser Erhabene, dieser Allesvermögende, der

Liebe, Pflichtgefühl und Gesetz so tief in's Herz
des Menschen als in das Ich der vernünftigen
Wesen des Alls legte, will keine Vernichtung des
Edelsten der Schöpfung, keine Störung in den Zweck des
Daseins, den Lebensfaden nur allein in seiner Hand
haltend, nur sich vorbehalten, ihn zu durchschneiden.
Ein Wort aus dem Munde dieses Allmächtigen, und
die Frechen sind vernichtet. Gegenwehr und Kraftauf=
wand (Krieg) widersprechen der Allmacht des Er=
habenen, Theilnehmung, seiner Güte und Weisheit.
Erstlich nach Millionen gefallener Opfer schuldloser
Menschen unterm Wechsel des Kriegsglücks, nach
der schrecklichsten Verheerung der Länder, nach der
Verzweiflung so vieler Tausenden, nach vollbrachtem
Mord an dem unschuldigen Säugling; erst alsdann
siegt oft das Laster, die Verruchtheit. Kann die
Vernunft wohl einstimmen, daß Brama Theilneh=
mer an den schlechtesten der Handlungen der Men=
schen sey, und unter gegenseitigen Morden den Sieg
verleihe, den er doch ohne Vernichtung zutheilen
kann? O! lieber Behub, das ist Gottheit schän=
dend, das ist Entheiligung des großen Namens
Brama! Er gab den Menschen Freiheit zu handeln,
und Krieg ist Mißbrauch dieser edlen Gabe, die
ganze Welt ist das Vaterland des Einzelnen, und alle
Menschen sind Brüder in der Gesammtheit. Brama
kann nicht den Mord, den Bruder an Bruder be=
geht, durch den Sieg heiligen.

Aber die Priester sind doch Ausleger des Wil=
lens der Gottheit, Ausleger seiner Geheimnisse;
gestehst du das nicht zu, Nassir? sie können ver=
dammen und lossprechen.

Der wahre Gott, der Allweise, Allgütige und
Allmächtige, der keine Unmöglichkeit kennt, läßt
keine Gesetze niederschreiben, die weniger Deutlichkeit

6 *

und Verständlichkeit und mehr Widersprüche ent-
halten, als Gesetze, durch den Verstand des Menschen bearbeitet; ein Funken von Licht gegen das
unendliche Lichtmeer der Gottheit! Sagen nicht auch
die Bücher der Eingebung: „wer da glaubet und
durch's Wasser gereiniget ist, gehet ein in die Gefilde der Seligen, wer aber nicht glaubet, wird
hingestoßen in den Tartarus, zu den Qualen, für
die bestimmt, die nicht erkennen wollen."

Eine Gottheit, Behub, die nicht Licht in ihre
Gesetze legt und Ausleger der Widersprüche bedarf;
die Geheimnisse vergaukeln läßt, wo der Wahnsinn
gebrütet; eine Gottheit, die deßwegen verdammt,
die ganze Menschheit verdammt, weil sie nicht glaubet und nach den Gebräuchen Einzelner durch's
Wasser nicht gereinigt; auch unbekannt ist mit ihren
Willen; eine Gottheit, die Kraftaufwand gegen ihre
Feinde, bedarf und Feinde hat; die durch diese
Bücher der Auslegung jeder Sekte eigenen Glauben
gibt, und den Zwist zum Mord und Dolch hinwirft.
O, Behub! das ist ein Scheusal in dem Gebiete
der Vernunft, das ist der Gott der Priester, ge-
formt durch des Menschen Wahnsinn, nicht der Wahre,
der Einzige, durch Vernunft und Natur Erkannte.
Glaube mir, lieber Behub, diese Bücher haben
mehr Menschen gemordet, als die Kriege durch Ehrsucht und Eigennuß erzeugt; denn auch diese er-
schienen immer im Gewande des Glaubens. Ein
Gott, der einen Theil seines Wesens übergehen
ließ in das große Kind Lama, um seine Rache durch
Mord an ihm zu stillen, ihm auferlegend alle Qualen
der gesammten Menschheit, ihr zugedacht in seinem
Zorn? O, das ist eine Ausgeburt aus dem Tartarus selbst; ein Gott des Abscheues! Die Vorsehung hat dich zum Regenten bestimmt, ahme nicht

nach diesem Aftergott! Deine Unterthanen können
dich beleidigen, sollte ein unschuldiger Dritter, zunächst deinem Herzen gelegen, von dir zur größten
Marter für die Gesammtheit büßen, um deine Rache
zu stillen? O! man würde dich verachten und
deinen Verstand für zerrüttet halten, und deine
That unter die schwärzeste der Menschheit rech-
nen. Es ist Hochverrath an der Vernunft, ihr
einen solchen Gott durch Mord und Dolch aufzubringen, sie, den Menschen gegeben zum Forschen
und Schließen. Nur sie allein erkennt ihn rein,
rein sein Wesen und Willen aus dem großen Buche
der Natur, ihr aufgeschlagen durch die Hand Gottes, alleinigen Buche der Offenbarung.

Der Begriff des unendlichen Raums, der Un-
endlichkeit der Welten, die Gesetzlichkeit in dem All
durch ihre Kräfte erhalten in ihrer Bahn, sind Begriffe, ausgespäht durch die Vernunft, die kein Buch
der Eingebung enthält; der erste gab den Menschen
den Begriff vom Dasein einer allesvermögenden
Gottheit, die Gesetzlichkeit und Ordnung in diesem
All; den Begriff des Allwissenden, Allgegenwär-
tigen; die Wohlthätigkeit der Sonne, des Regens,
des Wachsthums, der Fortpflanzung, den des all-
gütigen Vaters der Geschöpfe aller Welten; das
Ganze den Begriff von seiner Größe, die zur Anbetung hinreißt, zur Nachahmung seiner Liebe, Güte
und Barmherzigkeit auffordert.

In den geselligen Verhältnissen der Menschen
gegen einander fand die Vernunft die Gesetze der
Moral und Tugend, das festeste Band, das die
Geister aneinanderkettet, und sie in der sittlichen
Welt die große Kette (Harmonie) bilden lehrt; die
durch die Vernunft anerkannte Nothwendigkeit dieser
heiligen Gesetze, die auffallende Hinweisung auf die

Glückseligkeit des Erdenlebens gab ihm die Ueber=
zeugung und spornt zu rechtschaffenen Handlungen
an, die so selten nach den Büchern der Eingebung
erfolgen, da ihr Widerspruch die Leidenschaften der
Menschen so sehr begünstiget. Nicht die Form des
Menschen, der Geist ist die höchste Kraft des Ge=
schaffenen — das Ebenbild Gottes; aus ihm gehen
hervor die Lehre von der Erkenntniß Gottes, von
seinen Eigenschaften, von seinem Willen, die Ge=
setze der Tugend und Bruderliebe, der Duldung,
der Verehrung und Anbetung des Allvaters, ihm
selbst zum Muster aufgestellt, entlehnt aus der Har=
monie der unendlichen Schöpfung.

O! nur das allein ist die wahre Religion und
Tugendlehre, die die Vernunft niederschrieb, rein
ohne Vorurtheil, Neigung und Leidenschaften; zu
diesem Hinwirken nach Glückseligkeit gab Brama
den Menschen dieß edle Geschenk; kein Krieg soll
sein auf Erden, nur Bruderliebe und Eintracht.
Raub und Mordsucht (Krieg) sind die fremden Gift=
pflanzen im menschlichen Herzen, durch das Vorur=
theil gepflegt und Früchte tragend zum Verderben
der Menschheit. O, lieber Behub, das Vorurtheil,
geheiliget durch die Bücher der Eingebung, gebar
die Leidenschaften zum Krieg und mit ihm alle Zer=
rüttung der Glückseligkeit des Lebens; der Mord
im Krieg, der Raub, die Verödung der Länder —
die Zerstörnng des Segens der Natur, durch den
Schweiß des Bewohners ihr entwunden, sind Hand=
lungen, die das Vorurtheil mit nachahmenswerthen
Namen bezeichnet und die Menschen irre leitet, ihnen
Ehrensäulen setzt und Lorbeerkränze flicht, wo die
Vernunft Schandpfähle erwartet. O! es ist empö=
rend, wenn die Vernunft unterm eisernen Drucke
der Leidenschaften — Ruhm — Eroberung — und

Herrschsucht so schweigen muß: der Eigennuß der
Höflinge stimmt oft den schwachen Fürsten zu diesem
Laster; ein Federstrich und das Verderben der Menschheit ist unterzeichnet. Von da aus geht diese zer-
fleischende Hyäne in das Gebiet der Menschheit und
Bruderliebe und beginnt die schreckliche Metamor-
phose vom Menschen zum Tieger: erkenne ihn auch
den Krieg als das größte Verderbniß für das Herz
des Herrschers; die heiligsten Verträge, der Gottheit und Ewigkeit zugeschworen, sind eine Seifen-
blase aus dem Munde des ehrsüchtigen Kriegers;
so weit sinkt der Eroberer, selbst bis zur Meuterei
gegen die Vernunft herab, hüte dich vor dem ersten
Schritt zu diesem Laster und du bist angebetet von
deinem Volke: als Eroberer bloß gefürchtet, aber
verachtet im Herzen, als der Verworfenste der Menschheit, nur das Gezücht der Höflinge und Priester
streuet deiner Schwachheit Blumen.

Das Beispiel wirkt mächtig auf den abhängigen
Menschen (zum Gehorchen gewöhnt, zur Nachahmung hingewiesen), diese verderbliche Giftpflanze vom
Keime bis zur Furcht, von oben herab verpflanzt:
ausgestreut der Samen in das Herz der Menschen,
wuchert in's Unendliche mit ihren Auswüchsen und
Früchten. Glaube mir, Behub, Krieg ist das Grab
der Sittlichkeit, der Tugend — die alleinige Sünde;
alle Laster in sich vereinigend. Ein Krieg geendiget
und die Vergiftung beginnt von Neuem an dem,
was die Ruhe reinigte. Durch Krieg Menschen
strafen und zur Besserung hinweisen wollen, heißt
Sünde durch Beispiel vom Laster heilen, die Ver-
gifteten und die Giftmischer als Werkzeuge belohnen.
Die Rose durch Einimpfung des Giftkeims veredeln
wollen, ist Raserei. O, Behub! das Vorurtheil
und Beispiel wirken mächtig, durch irrige Begriffe

geleitet, auf den schwachen Verstand. So wie der Priester um Vertilgung der Ungläubigen bittet und Brama einen Lobgesang bringt, wenn Länder von anders Lehrenden durch das Schwert gereiniget werden; so wie der Räuber Tempel erbaut und milde Stiftungen gründet und Brama um Segen seines Raubes anfleht; so wie der Wucherer wohl= thut, Arme speiset und Tempel beschenkt, und der Gottheit für den reichen Segen dankt; so wie der Betrüger fastet und sein Herz zu dem Allesvermö= genden erhebt und ihm Opfer für seine Wohlthaten bringt: so, lieber Behub, so bittet der ehrsüch= tige Eroberer um Sieg, indem er das Wohl seiner Nation auf die Ruinen anderer Völker zu gründen gedenkt, indem er Millionen in Ketten und Ver= zweiflung bringt; durch Arglist und Meuterei, durch Versprechungen, durch Gift und Dolch, gleichviel, sein Weg gehe über Leichen und Brandstätten, über gemordete Weiber und Kinder, schuldlos und friedlich. Er glaubt seinen Zweck heilig, und geheiliget schei= nen ihm seine Mittel. O! noch dann nennt er sich den Wohlthäter des Volks, den Beglücker der Mensch= heit, und dankt Brama für sein vollbrachtes Werk. So handelt der Mensch, wenn er die Vernunft mit Füßen tritt, sich durch falsche Lehren und Beispiele leiten läßt und sich seinen Leidenschaften hingibt. O! Behub, zieht nicht einst die gesammte Vernunft mit vereinter Kraft gegen das vielköpfige Thier (Vorurtheil) zu Felde, so bleibt die Veredlung des Menschen ein Phantom, wonach der Geist hascht und es nie ergreift. Ewige Vorurtheile, ewige Lei= denschaften; ewige Leidenschaften, ewiger Krieg; ewiger Krieg, ewige Verdorbenheit! Kehre zur Ver= nunft zurück, Behub, und du bist ein Sohn des großen Brama.

Gedanken über den Krieg und über die Begriffe von Ruhm und Ehre.

Erster Grundsatz der Vernunft.

Alle Menschen sind frei und gleich geboren, alle haben Ansprüche auf Gesetzlichkeit. Kein Mensch hat ein ausschließliches Recht, des Andern Freiheit zu kränken, noch weniger zu rauben, und ihn als Mittel zu seinem Zweck zu gebrauchen.

Erster Grundsatz der Moral.

Sein Leben zu erhalten, ist des Menschen höchste Pflicht. Niemand ist Herr über sein eigenes Leben, noch weniger über das Leben eines Andern.

Nach diesen Grundsätzen kann der Mensch bloß Streitigkeiten auf dem Wege der Vernunft, aber nicht auf dem Wege der Gewalt entscheiden, nur jene ist die Gesetzgeberin für Nationen und Völker. Der Machthaber (Gesetzverwalter) muß der erste Unterthan des Gesetzes sein; überschreitet er denselben Weg, so hat er auch den ersten Schritt zur Ungerechtigkeit gethan; denn Gerechtigkeit ist unparteiliche Handhabung des Gesetzes, und seine Unverletzlichkeit die höchste Pflicht des Fürsten: zwingt er nun sogar Tausende, seinen Leidenschaften zu fröhnen, seiner Herrschsucht, Eroberungssucht, oder seiner Ehrsucht ꝛc., den unzertrennlichen Geschwistern der Willkür; so tritt er die Gesetze der Vernunft und Moral mit Füßen; so raubt er im ersten Fall dem Menschen das göttlichste Geschenk, das ihm der Schöpfer gab (Freiheit); im zweiten Moral und Tugend, indem er ihn zum Werkzeuge des Mordens und zur Unterdrückung der Völker gebraucht; und

das Leben der Tausende, sogar der Millionen, wie
der große Weltverderber Bonaparte selbst mordet.
Kein Krieg ist demnach gerecht zu nennen, auch
selbst der Vertheidigungskrieg nicht, indem er eben
jene gesetzwidrigen Mittel einzuschlagen genöthiget
ist, und weil keine politische Nothwendigkeit irgend
ein moralisches Gesetz aufheben kann, wenn Moral
Moral bleiben soll.

Der Vertheidigungskrieg ist oft politisch nothwendig und zu entschuldigen, aber deßwegen doch
nicht moralisch, gesetzlich, und noch weniger gerecht
zu nennen, weil Gerechtigkeit den Begriff von Unverletzlichkeit der persönlichen Freiheit, Erhaltung
des Lebens und Zutheilung der gemeinschaftlichen
Ansprüche auf gesetzliche Wohlthaten, als nothwen-
dige Bedingung, involvirt! Das moralische Gesetz
erstreckt sich in diesem Falle auf die Gesammtheit,
und nicht wie das Politische, auf einzelne Völker,
und kann nicht dem Interesse einzelner Völker
oder Staaten weichen; denn das höchste Gesetz der
Vernunft sagt: die ganze Welt ist dein Vaterland,
und das der Moral fügt hinzu: und alle Menschen
sind deine Brüder. Dein und deiner Brüder Leben
zu erhalten, ist deine höchste Pflicht; sie glücklich zu
machen, deine zweite. Wir sollten demnach nur eine
Familie ausmachen; Alles, was wir Staaten nennen, gehört mit zu dieser Familie. Die ersten
Grundsätze der Vernunft und Moral gehen demnach
auf die Gesammtheit. Trennt sich ein Staat von
dem gemeinschaftlichen Interesse um seines indivi-
duellen politischen Vortheils willen, so handelt er
ungerecht, und hieraus entsteht nun die Offensive
und Defensive der Staaten gegen einander. Ob
nun gleich die Defensive politisch nothwendig wird,
indem es die Gesetze des Staats erheischen und

die Sicherheit fordert; so sind dieses doch nur relative Gesetze, die die politische Nothwendigkeit will,
also nur subordinirte, die die höhern Gesetze der
Vernunft und Moral nicht aufheben können. Kein
Krieg soll sein auf Erden, sagt die Moral, und
die Vernunft fügt hinzu: hier ist der große Richter-
stuhl für alle vernünftigen Wesen. Krieg ist die
höchste Annäherung zum Thier und nicht zu Gott,
wo uns die Moral doch hinweist. Krieg ist ein
Uebel, und zwar das größte in der Welt, das nur
mit Raub und Mord endet, und alle Gerechtigkeit
muß im Kriege der Nothwendigkeit weichen. Krieg
ist demnach das Grab der Sittlichkeit in noch
ungleich mehrern Hinsichten, wie der gegenwärtige
besonders gelehrt hat, und dennoch nennt man die
Kriege von jeder Partei gerecht und macht seine
Sache zur Sache Gottes, und jede Partei streitet
für Gott und Vaterland!!! Einst sagte der Blut-
mensch und Weltverderber: Es müsse kein Gott im
Himmel sein, wenn ich nicht die treulosen nordischen
Barbaren in ihre Wüsteneien zurücktreiben sollte;
das sagte der Mann, der in Pavia den Senat
morden und in Egypten die verwundeten Krieger
vergiften ließ!!
Nach obigen Begriffen kann sich der Krieger
wohl Ruhm, aber keine Ehre erwerben, denn Ehre
erwirbt sich der Mensch bloß bei moralisch guten
Handlungen. Ehre und Schande sind entgegengesetzte
Begriffe, wie Ruhm und Schimpf. Es ist Sünde
und Schande, sagen wir, wenn ein Mensch die
Gesetze der Moral mit Füßen tritt, und seinen Leidenschaften, als: Ehrgeiz und Rache aufopfert
und grausam handelt; es ist gott= und ehrvergessen,
sagen wir im nämlichen Fall; nie sagen wir: es
ist Sünde und Schimpf, nie: es ist gott- und ruhm-

vergeſſen. Ehre erwirbt man ſich daher nur bei moraliſch guten Handlungen; der Krieger erwirbt ſich Ruhm bei tapfern und klugen Ausführungen, Ehre aber nur alsdann, wenn er ſeinen Feind, in ſeiner Gewalt, nach den Geſetzen der Menſchlichkeit oder nach den Geſetzen der Moral behandelt; Schande, wenn er ihn ſeiner Rache aufopfert und grauſam wird, dann bezeichnen wir die Handlungen mit ſchändlich. Demnach ſind Ehre und Ruhm, Schande und Schimpf nicht ſo nahe Grenznachbarn, als man gewöhnlich annimmt; der Krieger ſagt auch nur, die Armee hat ſich mit Ruhm bedeckt, nicht mit Ehre, wenn nicht ein moraliſcher Charakterzug mit inbegriffen iſt.

Das macht ſeinem Herzen Ehre, ſagt man von Handlungen der Rechtſchaffenheit und Billigkeit, d. h. wenn man von ſeinen politiſch-geſetzlichen Forde= rungen nachläßt und dem Wink des Herzens folgt. Die Sache hat einen ehrenvollen Ausgang genom= men, wenn die Tugend über das Laſter geſiegt hat und der Unſchuldige geſetzliche Genugthuung erhält.

Die Worte Ehre und Schande werden immer mehr in Beziehung auf moraliſch gute Handlungen, als auf politiſche Ereigniſſe angewandt; jene, Ruhm und Schimpf, auf Handlungen in der Region der Politik. Gebraucht man die Worte Ehre und Schande in dieſer, ſo beziehen ſie ſich immer nur auf die Begriffe von Pflicht, Eidſchwur, Treue, oder Pflicht= vergeſſenheit, Untreue und Verrätherei; hier unter= ſucht man nicht erſt, iſt die Sache gerecht oder un= gerecht, in beiden Fällen urtheilt man gleich, ein Beweis, daß dieſes nur relative Urtheile und Be= ziehungen der Handlungsweiſe der moraliſchen Ge= genſtände ſind. Verluſt im Krieg bringt nur Schimpf, aber keine Schande; nur Untreue, Eidbrüchigkeit,

Pflichtvergessenheit führen dieselbe herbei; nur Großmuth, Billigkeit, Edelmuth und Rechtschaffenheit
bringen Ehre. Keine Ehre erwirbt demnach der
Krieger, als Werkzeug des Mordens, und kein Krieg
verdient den Namen gerechter Krieg; er bleibt immer das Grab der Moralität, der Ruin der Völker, und Gott ein Greuel. Eberhardt nennt Ruhm
einen höhern Grad von Ehre; allein Ruhm wird
auch dem größten Weltverderber bleiben, wenn er
Alles mit Muth, Entschlossenheit, oder auch mit
Klugheit ausgeführt hat, obgleich keine einzige seiner Handlungen den wahren Werth des Menschen
in ihm bezeichnet; denn jenes gehört in die Region
des Geistes, und dieses in die Region des Herzens.
So staunt die Masse immer nur das Kühne, das
Große, das durch Klugheit Ausgeführte an, und
füllt mächtig die Posaune (Ruhm), und sieht nicht
den Barbaren, den Menschenwürger, nicht die Ketten der Millionen, die Sklaverei und Fortdauer auf
Kinder und Enkel. In ein und derselben Handlung
kann also nicht Ehre und Schande liegen, aber wohl
Ruhm und Schande. Man rühmt die Verschlagen-
heit, Gegenwart des Geistes und kluge Ausführung,
verachtet aber Mittel und Zweck (Schande). Ehre
hat daher mit Ruhm gar nichts zu thun. „Sie besteht in der reinen Würdigung des Wahren und
Guten, und die feste Beharrlichkeit darin ist das
Große. Er hat sich Ehre erworben, wird zwar oft
in politischer Hinsicht gebraucht, was oft sehr un-
moralisch ist, man möchte gern den Ruhm zur Ehre
stempeln, und bei der Masse gelingt es auch wohl,"
sagt Seume, und er hat Recht, „Ruhm ist nur
der Wiederhall der Stimme der Menge." Ruhm
hat daher auch der Menschenwürger, der Barbar,
aber keine Ehre. Der Krieger, der mit Bewußtsein

der ungerechten Sache seines Herrn dient und sie
schlau ausführt, erwirbt sich Ruhm, aber keine
Ehre. Leider ignorirt die Masse immer das Bes-
sere, indem sie das Auffallende anstaunt, posaunt
und erhebt, und Lorbeeren streut, wo Dornen fallen
sollten.

Des Gauklers Ende.

Dort sitzt er nun, jener stolze Korse, der es
auf nichts weniger als auf die Alleinherrschaft der
Welt abgesehen hatte.

Das Glück war ihm mehrere zwanzig Jahre
hindurch günstig. Hätte der Nimmersatt sich mit
dem, was ihm vor dem Feldzuge gegen Rußland
zu Theil geworden, begnügt; hätte er nicht, wie
ein unsinniger Glücksritter gegen die mächtigsten
aller Feldherren, „Hunger und Kälte," wie einst
Donquixotte gegen die Windmühle, gefochten; der
ihm von ganz Frankreich und den Tausenden der
ausgearteten Deutschen verliehene Nimbus würde
noch jetzt ihn umstrahlen, und die Nachwelt ihn als
den größten Feldherrn undenklicher Zeiten preisen.

Der verschmitzte Napoleon wußte eine lange Zeit
seine Gegnern etwas vorzugaukeln, das jene von
seiner wahren Absicht abbrachte, unter sich selbst
entzweite, und jede feste Verbindung, die durchaus
nöthig war, wenn seiner unbegrenzten Eroberungssucht Ziel gesteckt werden sollte, zerstörte.

Nicht durch sein eigenes Genie, sondern eben
durch die Uneinigkeit seiner Gegner wurde Bonaparte Consul, Kaiser und Protector des Rheinbundes,

und gelangte auch überdieß noch zu dem mächtigsten
Einfluß auf alle Höfe von ganz Europa. Nicht
sein Genie, sondern das Genie seiner Minister,
und seine eigene Verschmißtheit wußte diese Unei=
nigkeit seiner Gegner zu stiften.

Daß es schon 1805 mit Napoleon so weit gedie=
hen sein würde, wenn schon damals ein gleicher
fester Wille, und dieselben unzertrennlichen kolossa=
lischen Verbindungen gegen ihn auftraten, als es
jetzt 1813 mit ihm gedieben ist, ist keine Frage.

Wie unnennbar viel wäre für Deutschland an
Allem, was dem Menschen theuer ist, erspart wor=
den, wenn schon damals geschah, was jetzt gesche=
hen ist. Deutschland war aber damals noch nicht
so ausgesogen, und darum noch nicht so kampflustig
und so ergrimmt gegen den Usurpator, als es im
Jahr 1813 war.

Napoleon's unbegrenzter Geiz hat sich selbst auf=
gefressen. Er selbst und seine Helfershelfer haben
den Umsturz seines Luftschlosses herbeigeführt.

Dort sitzt er nun, der Korse, der den leichtsin=
nigen Franzosen so viel schöne Dinge von der Glück=
seligkeit Frankreichs, so oft bis es die Thörichten
glaubten, vorgaukelte, ausgehöhnt und ausgespottet
von der ganzen Welt, ja selbst von dem bessern
Theil seiner Nation, verachtet und ausgezischt wie
ein wahrer Charlatan.

Der große Mann bewährt sich nur im Unglück,
Napoleon aber hat sich nur wie ein feigherziger
Theaterheld bewiesen.

Einmal ist Deutschland durch eigne Kraft von
dem getragenen Joche befreit. Gott gebe, daß bei
dem Friedensschlusse des blutigsten aller Kriege, die
hohen Verbündeten den hoffärtigen, gleißnerischen,
kriegsdurstigen Franzosen alle Gelegenheit zu einem

neuen Kriege, nach dem sie sich früher oder später
sehnen werden, abschneiden, sie aller Mittel dazu
berauben.

Die Macht des Gauklers ist zwar für jetzt gebrochen, doch die Gewalt derer nicht, die Alles
durch ihn geworden. Leicht möchte sich die Schale
wenden, und der Gaukler in Kurzem denen das
zu danken haben, was sie einst ihm zu lohnen hatten.
Dann Wehe uns Allen! Schrecklich würden die blut-
und rachebürstenden Franzosen über Deutschland
einherbrausen, und noch nie gesehene Greuel ver-
üben. Deutschlands vereinte Kräfte würden zwar
auch dann wieder mit Gottes Hülfe dem daher-
brausenden Ungewitter einen Damm setzen. Doch
wozu des neuen Kampfes, der neuen Versuchung
innerer Kräfte, wenn wir das Mittel, das Ungewitter im Entstehen zu ersticken, in Händen haben,
wenn es in unserer Macht steht, dem Ungethüm
die Waffen für immer zu entreißen?

III.

Napoleon's Sprünge und endliches Schicksal.

Eine Skizze in Versen.

Allen wahren Deutschen gewidmet.

Geschrieben am rechten Rheinufer im November 1815.

Vorrede.

Lieb wird mir's sein, wenn dieß kleine Werk-
chen Beifall findet und Keinem die geringe Auslage
gereuet. Da ich weder Poesie studirt, noch je etwas
dem Druck übergab, so glaube ich gerechte Ansprüche
auf die Nachsicht des Kenners zu haben, und um
so viel mehr, weil bei der Ausarbeitung dieser
Skizze mein vorzüglichstes Streben dahin ging,
Demjenigen, dessen Jahre noch nicht gereift genug
waren, um sich das Bild dieser durchlebten Zeit
entwerfen zu können, in gedrängter Kürze und in
faßlichen Versen die Geschichte selbst aufzuzeichnen.
Obschon ich keiner Tugend der Franzosen und ihres
ehemaligen Götzen erwähnt, weil ihr Haß gegen

XII.   7

alle anderen Nationen sowie der gränzenlose Leicht=
sinn, der dem größten Theil des französischen Vol=
kes eigen ist, diese verwischt, und keine Tugend
Napoleon's als Ausfluß seines Herzens bekannt ist,
so bleibt doch dem redlichen, biedern Manne in
Frankreich die Achtung des Gebildeten, von welcher
Nation er auch sei. —

Der Verfasser.

Inhalt.

Wie der König Ludwig sich provisorisch auf den Thron setzen und die andern Herren sich in Wien über das Fernere berathen thäten.

Letzter Sprung. Saltus mortalis.

Herr Denon.

Napoleon's erster Sprung,

nach Italien und Egypten, und Rücksprung nach Paris, wo er Consul werden thäte.

Ein Kors', [1] ihr kennt den Namen schon
Seit zwanzig Jahr und drüber,
Sprach allen Nationen Hohn,
Gab Fürsten — Nasenstüber.
Stürzt Thronen, wie ein Kartenhaus,
Und trieb das Wesen gar zu kraus,
Weil jeden vor ihm bangte.

Bei Frankreichs leichtem Völklein, wo
Als Lieutenant er servirte,
War er in dulci jubilo,
Weil dieses ihm hofirte,
Und ihn, noch eh' er sich's versah,
Ernannte in Italia
Zum Chef des dort'gen Heeres.

Hier focht mit Oestreichs tapfrer Schaar
Er lange um die Wette,
Und hauste garstig manches Jahr
In Schlössern, Dörfern, Städten.

7 *

Kein Werk der Kunst blieb unberührt,
Es wurd' nach Frankreich transportirt
Durch seine Satelliten.

Drauf mußt' er nach Egypten hin,
Die Türken französiren,
Und sie im sansculotten Sinn
Methodisch ausspoliren,
Denn Raub — das war sein liebster Fraß,
Die Schätze roch er — wie das Aas
Der Adler fern schon wittert.

Doch nicht behaglich fand er's dort
Für sich und seine Heere;
Die schöne Flotte war schon fort,
Zerstört — versenkt im Meere [2]
Durch Nelson mit dem einen Arm,
Der machte ihm sein Nest zu warm,
Und wußt' ihn zu kuranzen.

Lord Sidney schlug ihn obendrein
Zum Ritter bei Jean-d'Acre;
Es war, zum Trost der Türken, ein
Verteufeltes Massacre.
Der Britt' behielt die Oberhand
Und reinigte Egyptenland
Von diesen Ruhestörern.

Er nahm drum zeitig noch die Flucht,
Ließ die Armee zurücke,
Erreichte eine sichre Bucht,
Begünstigt stets vom Glücke.
Trat dann als Christ und Muselmann
Zu Frejus an das Land, und sann
Auf eine andre Rolle.

Den Sturz des Directoriums
Hatt' er sich vorbehalten,
Auch war verhaßt ihm das Gesumms
Der Hunderten *) und Alten; **)
Er stürzt' mit Bajonetten d'rein,
Und wurd', trotz vielem Gegenschrei'n,
Des Landes erster Consul. 3)

**Wie er Kaiser und König werden und fremde
Länder verheeren thäte.**

Das leichte Völkchen war ihm baß
Mit Lieb' und Treu' gewogen,
Hätt' er's gleich ohne Unterlaß
Geschunden und betrogen;
Er ritt des Volkes Steckengaul
Und wußt' den Brei ihm um das Maul
Recht meisterlich zu schmieren.

Wer kennt dieß Volk von Alters her,
Wer kennt nicht die Franzosen!
Die einstens — ohne Scham und Ehr',
Sich nannten — Ohnehosen.
Die nur dem Leichtsinn Weihrauch streu'n,
Vermessen ja — sogar das Sein
Des Höchsten decretirten. 4)

---

*) Der Rath der 500.
**) Der Rath der Alten.

Die Kannibalen, die im Blut
Des Besten ihrer Fürsten
Die Hände tauchten [5] — diese Brut!
Die tigerartig dürsten
Nach Blut — seit langen Jahren schon,
Und deßhalb ihres Königs Thron
Dem Menschenschlächter gaben.

Er wußt' als Consul Bonapart'
Sie früh schon zu regieren,
Zu modeln ganz nach seiner Art,
Zum Rauben anzuführen.
Doch, eh' er dieses recht vollbracht,
Ernannte ihn des Volkes Macht
Zum Kaiser der Franzosen. [6]

Da zog er mit der saubern Schaar
Hinaus in fremde Landen, [7]
Sie nahmen, was zu nehmen war,
Und wo sie es nur fanden.
Selbst Kirchen wurden ausgeleert
Von Schätzen, die nur ein'gen Werth
Für solche Menschen hatten.

Zu Gunsten seiner Brüder stieß
Er Könige [8] vom Throne,
Und ihrer Länder Beute ließ
Er diesen dann zum Lohne.
Rasch waren sie von Gottes Gnad'
In dem geraubten Fürstenstaat [9]
Zu Königen creiret. [10]

Das Best' behielt er zwar für sich [11]
Als Chef, und wußt' daneben
Auch nach Verdiensten kaiserlich
Zu lohnen und zu geben;

Denn, wer am Wenigſten getaugt,
Das Mark der Länder ausgeſaugt,
Bekam den Prinzentitel. 12)

Ein Davouſt, der gewiſſenlos
Die Banque in Hamburg plündert;
Sowie ein Ney, jüngſt ehrenlos,
Das Unheil nicht verhindert,
Wozu ſein König ihm die Macht
Vertraute, und gewiß nicht dacht',
Daß er Verrath bezweckte.

Die andern wurden Grafen, und
Großwürdner — Directoren,
Nachdem ſie ihm mit Herz und Mund
Den Eid der Treu' geſchworen;
Auch war ein rothes Band der Preis 13)
Für Viele, die im Kampfe heiß
An ſeiner Seit' gefochten.

Ung'nügſam, war mit einer Kron'
Der Korſe nicht zufrieden,
Und wähnte, nach der Thaten Lohn,
Wär' ihm die Welt beſchieden;
Zog feierlich in Mailand ein,
Ließ dort als König ſich ausſchrei'n
Des italien'ſchen Volkes. 14)

Er nannt' die Kron', die eiſerne,
Vielleicht der Dauer wegen?
Weh' dem! der ſie betaſtete,
Schwur er bei ſeinem Degen;
Allein des Roſtes Gift fraß bald
Das Eiſen durch — ſie wurd' nicht alt
Auf eines Räubers Haupte.

Kaum hatte seine Herrschbegier
Europa's Herz zersplittert,
Und alle Nationen schier
Zur größten Rach' erbittert,
So faßte er noch einen Plan;
Und damit war's auch abgethan,
Drum höret mich nur weiter.

Zweiter Sprung.

Wo der Kaisermantel einen Riß bekommen thut.

Mit einer fürchterlichen Macht,
Dem Kern von allen Heeren,
Zog er nach Rußland hin [15]) und dacht',
Die Schaf' auch dort zu scheeren,
Allein die Wolle saß zu fest.
Er stieß auf ein Kosackenneft
Und fing schon an zu staunen.

Jedoch das Glück war ihm zu hold,
Er avancirte immer,
Und dachte nur an Moskau's Gold,
An Retirade nimmer.
Als Sieger stand er muthig schon
Mit einem Fuß auf Rußlands Thron;
Die Hand griff nach dem Scepter.

Da fiel ein grausend Wetter ein
Und macht' den Frevler beben;
Ein strenger Frost [16]) — zu hemmen sein
Fluchwürdiges Bestreben.

Wie ein verscheuchtes Reh, so floh
Der Held, und wußte selbst nicht, wo
Er Schutz jetzt finden sollte.

Des Frostes Wuth fraß fürchterlich
In seines Heeres Glieder;
Die Menschen fielen jämmerlich,
Wie Mücken todt darnieder.
Und wer dem Tode dort entrann,
Den fiel ein böses Fieber an, 17)
Um ihn hier noch zu morden.

Nicht nur der Frost — des Feindes Schwert
Streckt' Tausende auch nieder,
Bedeckt von Todten war die Erd';
Hurrah schrie's hin und wieder.
Bis Beresina's Fluthen noch
'Den Rest verschlangen, und vom Joch
Der Franken — Rußland lösten.

So mußte Stolz und Uebermuth
Vor Gott zu nichte werden, 18)
Das strömeweis vergoss'ne Blut
Schrie längst um Rach' auf Erden.
Gefühllos aber blieb dabei
Der Mann, der selbst für Jammerschrei
Nur taube Ohren hatte.

Das Schlachtfeld war sein Paradies,
Die Weide seiner Freuden;
Der Todten Röcheln war ihm süß,
Wie der Blessirten Leiden.
Wo er mit seinen Massen stand,
Da röthete der Dörfer Brand
Den Himmel schon von Weitem.

Doch weg von diesem Schreckensbild
Zu seinen fernern Thaten!
Nach Rache dürstend, floh er wild,
Sich reiflich zu berathen,
Hin zu der alten Sündenstadt,
Die ihn so nicht erwartet hatt'
Und doch ihr Vivat krächzte.

Dritter Sprung.

Payas courage. — Noch einmal.

Ein neues Heer wurd' aufgestellt, [19)]
Zur Hälfte fast aus Kindern.
Der Schatz war leer, es fehlt' an Geld,
An Armatur nicht minder.
Das Betteln ging par force nun an,
Man nahm ohn' Scheu von Jedermann
Geld, Pferde und auch Waffen.

Auf's Neu' gerüstet, wähnte er,
Der Plan müßt' jetzt gelingen,
Mit seinem neugeworbnen Heer
Ganz Rußland zu bezwingen;
Zum Frühstück könnt' ein Marschall schon
Die Preußen fressen, und den Thron
Als König dann besteigen. [20)]

So träumte dieser stolze Thor
Von neuen Siegstrophäen,
Rückt' schnell bis tief in Sachsen vor,
Und blieb da ruhig stehen.

Weil er, so gut er calculirt,
Hier ganz abscheulich ward balbiert,
Wie Ihr gleich hören werdet.

Auf Deutschland ruhte lang der Fluch,
Weil Neid das Ruder führte
In jedem Staate — und Betrug
An jedem Hof — regierte.
Bis endlich Alle sich getäuscht,
Der Feind des Landes Wohl zerfleischt,
Und so die Herrn belehrte.

Vertrauen, Redlichkeit und Treu'
Mußt' Fürst an Fürsten ketten,
Sonst blieb's beim alten Einerlei,
Und keiner war zu retten.
Dann fraß der Korse Nimmersatt,
Was früher er verschonet hatt',
Und lachte derb in's Fäustchen.

Doch diesem ward ein Ziel gesteckt
Durch Oestreichs biedern Kaiser,
Verhöhnt, betrogen und genekt,
Erklärt er sich als Weiser; 21)
Für Völkerfreiheit, und vereint
Zog muthig gegen Deutschlands Feind
Sein Heer mit Russen — Preußen.

Dort stand der Russe — hier der Preuß',
Und Oestreich in der Mitte,
Umarmten sich und brachten heiß
Vor Gott die ernste Bitte:
Zu retten das bedrängte Land
Aus des Tyrannen blut'ger Hand,
Und alles Volk rief Amen.

Geschlossen war der schönste Bund,
Die Schwerter schon gezogen,
An ihn schloß sich auch Baiern [22]) und
Das Volk, so auf den Wogen
Des Meeres längst schon Meister war,
Der Britten stolze Kriegesschaar,
Und Scandinaviens Helden.

In manchem Kampfe wurde zwar
Der Feind zurückgetrieben, [23])
Und die sonst sieggewohnte Schaar
Zum Theil schon aufgerieben;
Jedoch dieß war nur Kinderspiel,
Ein Vorsprung zu dem großen Ziel,
Zur Völkerschlacht bei Leipzig. [24])

Hier ward der große Wurf gethan,
Es galt hier Deutschlands Leben;
Die Heere sah man schon sich nah'n,
Sah Fahnen — Adler schweben —
Und jedes biedern Deutschen Brust
Hob sich — von hehrer Kampfeslust
Dem Tode Trotz zu bieten.

Die Schlacht begann, die größte, die
Je ist geschlagen worden,
Ein solches Feuern sah man nie,
Nie solch entsetzlich Morden.
In festen Reihen schlossen sich,
Auf Todtenhaufen, ritterlich
Die Deutschen an die Deutschen.

Drei Tage währte dieser Kampf,
Von Rach' und Wuth getrieben,
Halb schwarz gebrannt vom Pulverdampf
Und blutend von den Hieben,

Ward hier, bis daß die Nacht anbrach,
Gefochten, und den andern Tag
Das Blutbad stets erneuert.

Schon grüßt das donnernde Geschütz,
Die vierte Morgenröthe,
Wo aller Arten Waffenblitz
Den Schrecken noch erhöhte;
Da mäht des Todes Sichel auch
Schon in dem schwarzen Pulverrauch
Die Menschen ab — wie Halme.

Doch Heil war diesem Tag bestimmt,
Heil — Deutschlands wackern Kriegern,
Denn eh' die Abendröthe glimmt',
Wurd' er begrüßt als Sieger.
Die Feinde flohen wild davon;
Uns war erkämpft der schönste Lohn,
Die edle Freiheit wieder.

In jedem Jahr, am Tag der Schlacht [25)]
Sieht man auf allen Höhen,
Wenn kaum in ihrer stillen Pracht
Die Stern' am Himmel stehen,
So weit der deutsche Boden reicht,
Bis daß die Nacht dem Tage weicht,
Des Dankes Flammen lodern.

So wird der Deutschen Dank zu Gott
Dem Feind zum Greuel scheinen,
Und diese Flamme immerfort
Die Deutschen mehr vereinen.
Aus ihr entspringt schon jetzt der Bund
Der alten Treu' mit Herz und Mund;
Zum Schrecken unsrer Feinde.

Es konnten die zersprengten Corps
Des Feindes kaum sich sammeln,
Da drang auch schon bei Hanau vor,
Den Weg ihm zu verrammeln,
Fürst Wrede mit der Baiern Macht,
Und lieferte die letzte Schlacht
Auf Deutschlands freiem Boden.

Die Flucht ging rasch in einem fort,
Um Mainz noch zu erreichen,
Kosacken lagen hier und dort
Schon hinter Heck und Sträuchen,
Sie stachen manchen flücht'gen Held
Mit ihren Lanzen aus der Welt,
Wie einen Has am Spieße.

Gleich nach der ersten Hiobspost,
Die uns die Kunde brachte,
Daß Bonapart' mit seinem Troß
Und Heer sich flüchtig machte,
Zerschlug Gensd'arme und Pionier
Die Nachen, so sie fanden, schier
In hunderttausend Stücke.

———

Er bekommt vielen Besuch in Paris und thut incognito
eine Reise nach Elba machen, sich auszuruh'n.

Noch wollte nicht der Sünder ruh'n,
Der Größte der Verbrecher
Stand, halb vernichtet, jenseits nun
Zu sammeln seine Schächer.
Der Thor! — er glaubte sicherlich,
Die Alliirten fürchten sich,
Den Rhein jetzt zu passiren.

Indeß nicht lange ließen sie
Ihm Zeit, sich zu bedenken.
Sie kannten seine Streiche, wie
Auch der Franzosen Ränken,
Und hatten kaum sich ausgeruht,
Da war auch schon des Rheines Fluth
Bedeckt mit Schiff' und Nachen. 26)

Der Frost durchschnitt die Luft, das Eis
Durchbrach der Fluthen Wogen;
Dieß schreckte weder Ruff' noch Preuß';
Nun war der Feind betrogen,
Der pochend auf der andern Seit'
Den Rhein mit einer Handvoll Leut'
Noch zu vertheid'gen dachte.

Jetzt ward die Flucht erst allgemein,
Das Reiten und das Rennen;
Das sauve qui peut hört man nun schrei'n,
Commisenweiber flennen;
Douanen und Gensd'armerie
Floh'n sammt den Herren der Regie,
Mit Portatifs beladen.

Die Directeurs und Inspecteurs
Mit Mägd' und Weib und Kindern
Die Visiteurs und Emballeurs
Und all die andern Sünder,
Die sich von deutschem Schweiß ernährt,
Das Mark des Landes aufgezehrt,
Entfloh'n aus Furcht vor Rache.

Bald hätt' ich über diese Flucht
Den Helden selbst vergessen,
Der frech, wiewohl vergebens sucht',
Sich noch einmal zu messen

Mit Männern, die an Muth und Kraft
Dem Volk, so er herbeigerafft,
Die Spitze bieten konnten. —

Der Marschall Vorwärts, Blücher, [27]) war
Ihm immer in dem Rücken,
Der Greis mit Ehrenschnee im Haar,
Von dem noch mit Entzücken
Die Welt nach tausend Jahren spricht,
Den Frankreich, wie das Tageslicht
Die Eule, ängstlich scheuet.

Dann Gneisenau, [28]) in dessen Blick
Das Heldenfeuer sprühet,
Dem einzig Menschenwohl und Glück
Die deutsche Brust durchglühet,
Und der durch seinen weisen Plan
Dem Korsen schrecklich weh gethan,
Und seinen Sturz befördert.

Zur Seite focht' mit ihm zugleich
Der Stolz von Oestreichs Staaten,
Im Felde groß, an Einsicht reich;
Ihr könnt ihn leicht errathen;
Fürst Schwarzenberg, [29]) der Mann der Zeit,
Dem wahrlich keinen Fingerbreit
Der Feind mehr streitig machte.

Dann Rußlands Helden, *) doch, wer kann
Die Namen all' euch nennen?
Man sah ja hier nur Mann für Mann
Mit gleichem Eifer brennen,

---

*) Barclay de Tolly, Wittgenstein, Czernitschef etc.

Für Gott, für Fürst und Vaterland,
Vereint durch's Kreuz, dieß heil'ge Band,
Das ihre Tschako's zierte.

Ganz muthlos war der Feind, und wich
Bei jeder Kanonade,
Zerstreut, verwirrt, hielt nirgends Stich,
Schlug überall Chamade.
Nur bei Paris, da setzte er
Zuletzt sich tapfer noch zur Wehr,
Und damit war's auch Punktum.

Dieß sündenvolle Babylon,
Wo alle Laster thronen,
Ward durch Capitulation, [30)]
Das Nest jetzt noch zu schonen,
Von den Alliirten gleich besetzt;
Das Eigenthum blieb unverletzt,
Selbst das uns früh geraubte.

Des Volkes Gott, ein Schatten kaum
Von seiner vor'gen Größe,
Stand staunend da, als wie ein Traum,
In seiner wahren Blöße,
Von seinen Garden nur gedeckt,
Dabei von Höflingen geneckt,
Und fast ein Spott der Kinder.

Der Frevler, der den Papst *) sogar
Aus seinem Staat verbannte,
Sich selbst durch seiner Schmeichler Schaar
„Gesandt von Gott" oft nannte;

---

*) Bekanntlich war der Papst lange in seiner Gefangen-
schaft und wurde erst durch die Alliirten erlöst.

Des Greisen höhnte, bis zuletzt
Der Deutschen Sieg ihm Schranken setzt',
Und Petri Stuhl herstellte.

Der Mann, vor dem nicht lange noch
Die halbe Welt gezittert,
Die Geisel Gottes, deren Joch
Die Menschheit so erbittert,
Sie lange Jahre hart gedrückt,
Stand mit dem Purpur noch geschmückt,
Von Menschenblut gefärbet.

Vergebens wurde dreimal schon
Ihm Friede angetragen,
Den er, mit eitlem Stolz und Hohn
Sich brüstend, ausgeschlagen;
Der Sieger Großmuth so verschmäht,
Mußt' folglich auch, wie er gesät,
Verderben er nur erndten.

Die kleine Schaar, die sich um ihn
Als Schutzwehr noch gezogen,
Mit selt'ner Treue, wie es schien,
Ihm hold war und gewogen,
Fiel größtentheils nun von ihm ab;
Drum legt' er auch den Herrscherstab
In aller Demuth nieder.

Verzichtete auf Frankreichs Thron, [31]
Für sich und seine Erben,
Und wollte ohne Reich und Kron'
In Zukunft — leben — sterben.
Der Fuchs — man traute ihm zu viel,
Erreichte in der Noth das Ziel,
Uns noch einmal zu pressen.

Ein souveräner Fürst blieb er
Zwar noch — indeß bemerke!
Sein Reich bespült' rund um das Meer,
Und seines Volkes Stärke
Belief auf vierzehntausend sich,
Im Umfang hatt' der ganze Strich
Des Landes kaum acht Meilen.

Was dieß Gebiet ihm eintrug, war
Sein Eigenthum für immer,
Aus Großmuth wurde ihm sogar,
Zu seines Hofes Schimmer,
Ein Jahrgehalt noch festgesetzt,
Und seine Schätze ihm zuletzt
Noch obendrein gelassen.

Die Reise nach der Residenz,
Nach Elba's 32) Felsenspißen,
Begann — allein für Insolenz
Des Volkes ihn zu schützen,
Ward Hochderselbe escortirt,
Sonst wär' er sicher massacrirt;
Schad', daß es nicht geschehen!

Um als Monarch im Kleinen, doch
Mit Macht zu figuriren,
Bewilligte man ihm auch noch,
Bloß um zu paradiren,
Von seinen Garden einen Theil,
Womit auf's Neue er sein Heil
In Jahresfrist versuchte.

Wie Joseph mußt' an Spanien,
Und Jerome an Westphalen,
So mußt' Eugen Italien
Die Zeche auch bezahlen.

8 *

Sie floh'n als Könige davon,
Und ließen Scepter, Reich und Kron'
Mit tiefstem Schmerz im Stiche.

———————

Wie der König Ludwig sich provisorisch auf den Thron setzen und die andern Herren sich in Wien über das fernere berathen thäten.

Die Ruhe schien jetzt hergestellt,
Der Friede war geschlossen,
Und um des Wüthrichs in der Welt
Längst Blut zu viel vergossen.
Die Länder, so er Beut' gemacht,
Bekamen, dieß war ausgemacht,
Die rechten Fürsten wieder.

Für Frankreichs Thron bestimmte man
Louis dix-huit, [33] den Dicken,
Ein Zweig von der Bourbonen Stamm,
Gutherzig, ohne Tücken.
Frohlockend schwur das Volk ihm Treu',
Allein das Ding war ihm zu neu,
Weil er noch nie regierte.

Er glaubte Liebe in dem Schwur
Und Herzlichkeit zu finden,
Das Wohl des Volks durch Milde nur
Am sichersten zu gründen.
Doch dieß verkannt' die Sanftmuth bald
Des guten Lamms, und Jung und Alt
Hing heiß noch an dem Korsen.

Wir lassen diese Majestät,
Wie's ihr beliebt, regieren,
Bis daß das Blatt sich wieder dreht,
Mag sie sich amusiren.
Uns ging die Sache nichts mehr an;
Verbannet war der welsche Hahn
Für immer, wie wir glaubten. —

Das große Werk schien ganz vollbracht,
Die Freiheit uns errungen.
Das seichte Völkchen matt gemacht,
Bezähmet und bezwungen,
Die Sieger kehrten deßhalb heim
Und legten dadurch schon den Keim
Zum neuen Kriege wieder.

In Wien da sollt' Europa's Heil
Und Wohl begründet werden,
Drum war zu diesem Zweck ein Theil
Der Großen dieser Erden
Versammelt dort, 34) doch was geschah?
Sie stritten sich, sagt' einer Ja,
Schrie'n hundert Nein dagegen.

Die Länder wurden dividirt,
Und dann kam's an die Seelen,
Die man in gleicher Zahl addirt,
Da durfte keine fehlen.
Was hier verloren, wollt' man dort
Ohn' Widerspruch mit einem Wort
Sogleich erseßet wissen.

Verarmt — verzweifelt sehnten lang
Die Völker sich nach Frieden,
Sie harrten ungewiß und bang
Auf das, was dort entschieden.

Denn wenn des Krieges Last auch sie
Zwar minder drückte, war's doch die
Ad Interims-Regierung.

Denn fast sechs Monat' währte schon
Der Streit um Land und Leute.
Da rief von Elba's fernem Thron:
„Mir blühet neue Beute,“
Das Ungeheuer auf dem Meer,
Und landet ohne Gegenwehr
An Frankreichs Ufer wieder. 35)

Die Schreckenskund' ereilte bald
Auch unsre Calculanten,
Einstimmig riefen sie gleich: Halt!
Wir wollen dem Trabanten
Der Hölle seine Herrschbegier,
So wahr wir noch versammelt hier,
Versauren und versalzen.

Die Acten waren rasch bei Seit',
Und der Congreß zu Ende.
Und sonder alle Schwierigkeit
Vereinigten behende-
Zu gleichem Zwecke wiederum,
Zu schützen unser Eigenthum,
Die Fürsten sich auf's Neue.

———

Saltus mortalis.

Marschfertig war gleich jedes Heer
Von Deutschen, Russen, Britten,
Gerüstet all' zur Gegenwehr;
Bewaffnet und beritten,
Stand bald an Frankreichs Grenzen schon
Ein Heer von einer Million,
Voll Muth zum neuen Kampfe.

Wo die Gefahr am größten war,
Da stand der Stolz der Brennen, [36])
Der Greis mit seiner Heldenschaar —
Den wir durch Thaten kennen.
Durchglüht von Zorn, in heil'ger Wuth
Schwur er, daß diese Teufelsbrut
Gezüchtigt werden sollte.

Mit gleichem Eifer, ihm zur Seit',
Stand Wellington, der Britte, *)
Bekannt durch Muth und Tapferkeit,
Weiß Jeder, wie er stritte.
In Spanien und Portugal,
Da haute er ja überall
Die Schurken in die Pfanne.

Gerüstet laßt die Helden steh'n
Und ihre Pläne schmieden.
Wir wollen nur inzwischen seh'n,
Welch Glück dem Kors' beschieden;

---

*) Generalfeldmarschall der brittischen Truppen, welcher mehrere Jahre vereinigt mit den Spaniern
gegen die Franzosen gefochten und sie aus Spanien
vertrieb.

Und wie im großen Sündenreich
Das Völkchen sich benahm! — obgleich
Es leicht ist zu errathen.

Mit einer Handvoll Mannschaft war
Das Unthier kaum am Lande,
So sah man auch schon eine Schaar
Zu seinem Schutz am Strande,
Die sich von Stund' zu Stunde sehr
Vermehrte, bis Labedoyere, 37)
Der Schurk', ein Corps d'raus formte.

Dieß zog nun jubelnd mit ihm fort,
Zum Sündensitze wieder,
Und kriechend warf an jedem Ort
Das Volk sich vor ihm nieder.
Vive l'Empereur! schrie's überall,
Daß in Paris der Wiederhall
Des Königs Thron erschüttert'.

Doch Frankreichs Herrscher wähnte nur
Von Braven sich umgeben,
Und traute ihrem heil'gen Schwur
Der Treu', auf Ehr' und Leben.
Zu arglos, dacht' er gar nicht d'ran,
Was Judas seinem Herrn gethan,
Und ließ sich Messen lesen.

So schwur die ganze Nation,
So schwur Soldat und Bürger,
Heut' diesem — und dann morgen schon
Auf's Neu' dem Menschenwürger.
Von jedem Rang', von jedem Stand,
Sah man für König — Vaterland,
Nur Schurken und Verräther.

Die Schuppen fielen endlich doch
Dem Guten von den Augen,
Er flohe — wie er Unrath roch,
Und ließ die Nattern saugen
An Frankreichs Blute, bis das Glück
Zu einem besseren Geschick
Ihn wiederkehren hieße.

Kaum war dem Sodom er entfloh'n,
Mit wenigen Getreuen,
Da nahm Besitz von seinem Thron
Napoleon von Neuem.
Es huldigte ihm Jedermann
Im ganzen Staat als Unterthan,
Vom Marschall bis zum Büttel.

D'rauf schickte er Gesandte gleich
An alle Potentaten,
Erklärend: „daß mit seinem Reich,
Mit den geraubten Staaten,
Er fernerhin zufrieden sei;
Sie möchten ihn deßhalb nur frei
Als Kaiser herrschen lassen.

Er würde jetzt und nimmermehr
Die Ruh' der Völker stören, .
(Versprach es auf Parole d'honneur:)
Die Folge würd' es lehren."
Allein der Fuchs war zu bekannt,
Und wer sich einmal hat verbrannt,
Scheut immerhin das Feuer.

Pro Resolutione ward
Den Herren gleich bedeutet,
„Für Euch und Frankreichs Natterart
Ist schon die Straf bereitet; .

Denn Eures Meisters Ehrenwort
Ist eitel Trug, drum packt euch fort
Und laßt euch nie mehr sehen.

Wir ruhen nicht, bis daß der Thron
Dem König wieder worden,
Und wollen den gerechten Lohn
Für euch und eure Horden,
In eurem eignen Lande bald
Euch zahlen, daß noch Jung und Alt
Die Finger wund d'ran zählen."

Mit dieser Antwort zogen schnell
Die Herren ab, und brachten
Sie brühcheiß an Ort und Stell',
Wo sie dem Meister sagten:
„Dein Kniff gelang, Herr, dießmal nicht,
Die Fürsten sind zu sehr erpicht,
Drum rüste dich zum Schlagen!

Jetzt sollt' das ganze Land beinah',
Nur eine Festung werden,
Und alles Militär schrie: „Pah!"
Mit fressenden Geberden:
„Wir machen diese Fürsten klein,
Und g'nügen uns, vorerst den Rhein
Zur Grenze anzunehmen."

Sie theilten sich schon in die Haut,
Eh' sie den Bären hatten,
„Den Rhein zur Grenze," jauchzten laut
Commisen — Kellerratten,
Schuhputzer — Trödler — Schneider und
Fischerweiber — wie aus einem Mund
Erscholl's zu uns herüber.

Bewaffnet wurde Alles, was
Nur Waffen tragen konnte.
Ihm selbsten schien das Ding kein Spaß,
Weil an des Feindes Fronte
Er Männer wußte, die ihn oft
Aus Rock und Kamisol geklopft,
Und nicht mehr vor ihm bangten.

Jedoch, bevor er und sein Heer
Sich von der Stelle rührte,
Versammelt' auf dem Marsfeld er
Des Landes Deputirte
Zum Schwur der Treue feierlich,
Den sie ihm leisteten, und sich
Dem Teufel übergaben.

Sein Schwager wollt' im Siegeswahn
Das Prévenire spielen,
Griff muthig seine Feinde an,
Doch wer nicht hört, muß fühlen.
Dieß ist ein Sprichwort, längst bewährt;
So auch, wer allzuviel begehrt,
Verliert am Ende Alles.

Wie Unrecht seinen Herren schlägt,
Ging's deßfalls ihm nicht minder;
So klug er es auch überlegt',
Traf ihn nur um so blinder
Von Oestreichs tapfrem Heer der Schlag;
Er zahlte ihm hier das Gelag
Mit Scepter, Reich und Krone. [38])

Dieß gab dem Usurpator Licht,
Um länger nicht zu weilen,
Stand bald dem Feind er im Gesicht
Und wollt' den Sieg ereilen;

Drum griff er unerwartet an,
Nach seinem längst bekannten Plan,
Das Centrum zu durchbrechen.

Auf beiden Flügeln war sehr heiß
Der Kampf, als in der Mitte
Geschlagen war bereits der Greis,
Geschlagen schon der Britte, [39])
Und seines Sieges ganz gewiß,
Wollt' Bonapart' den Nachtimbiß
Auf Lackens Schlosse nehmen. [40])

Dieß war der vierte Tag der Schlacht,
Wo Blut in Strömen flosse,
Und wo er nur durch Uebermacht
Die Freud' des Siegs genosse.
Vergället wurd' sie ihm doch bald,
Weil Bülow aus dem Hinterhalt
Mit Pfeilesschnelle eilte.

Die Helden schöpften frischen Muth,
Der Angriff wurd' erneuert,
Und mit Verzweiflung und mit Wuth
In Einem fort gefeuert,
Die Todten lagen bergehoch,
Und über ihre Leichen flog
Zum Sieg — der Preuß' und Britte. [41])

Der Schrecken zog vor ihnen her,
Der Feind begann zu weichen,
Und bald sah man sein ganzes Heer
Entfliehen ohne Gleichen;
Bagage — Wägen und Geschütz
Wurd' unsern Helden wie ein Blitz
In großer Zahl zur Beute.

Zum innigsten Bedauern fiel
An seiner Tapfern Spitze,
Und kaum gelangt zu seinem Ziel,
Zu seines Land's Besitze,
Ein Fürst aus Braunschweigs Heldenstamm,
Dem früher schon zu Jena nahm
Die Schlacht des Vaters Leben.

Der Sieg war theuer, aber groß
War die Gefahr auch wieder,
Die Hand des Herrn entschied das Loos
Zum Vortheil deutscher Brüder.
Sie folgten ohne Ruh und Rast
Dem Feind, und nahmen alles fast,
Was an Geschütz er hatte.

Der Held von Elba, ach, entwich,
Vermummt wie eine Memme,
Ließ Hut und Mantel gar im Stich;
So war er in der Klemme.
Ein Preuße hatt' ihn bald beim Schopf,
Der würde ihm den starren Kopf
Sehr leicht gebrochen haben.

Mit Blitzesschnelle war die Kund'
Von diesen Niederlagen
Zur Hauptstadt hingeeilet, und
Schon stand in vierzehn Tagen
Der Sieger Heer rund um Paris,
Weil Marschall Vorwärts sich nicht ließ
Durch den Montmartre schrecken.

Nicht durch Capitulation
Konnt' man die Helden blenden,
Nein, jetzt mußt' auf Discretion
Die Stadt sich ihren Händen

Ergeben, und was sich drin fand,
Un Waffen oder Kriegsbestand,
War auch der Sieger Beute. [42])

Mit Riesenschritten nahten nun
Sich rasch die andern Heere,
Und überströmten, ohn' zu ruh'n,
Vom Rheine bis zum Meere
Den Boden Frankreichs so mit Macht,
Wie Bonapart' noch kürzlich dacht',
In Deutschland es zu machen.

Das Wort der Fürsten war erfüllt,
Und Ludwig bliebe König;
Das Völkchen, so mit Eiden spielt',
Schrie wieder unterthänig:
Sein Vive dem König, wie vorher
Dem Korsen, sein Vive l'Empereur
Den's innig noch verehrte.

Doch der Entscheidung war sehr nah
Das Schicksal seines Götzen,
Der, weil er keinen Ausweg sah
Zum längern Widersetzen,
Sich plötzlich auf Discretion
Den Britten hingab, [43]) und jetzt schon
Das Weltmeer hat beschiffet.

Einstimmig war der Urtheilsspruch
Von den alliirten Mächten:
„Dem Manne voll Betrug und Lug
Geschehe jetzt nach Rechten,
Was lang' er schon verdient; drum ist
Verwiesen er auf Lebensfrist
Nach St. Helena's Insel. [44])

Heil unsern Helden zum Beschluß;
Heil Deutschlands wackern Söhnen!
Sie brachten uns den Friedensgruß
Und trockneten die Thränen,
Die in dem theuren Vaterland
So lange flossen, Heil dem Band
Der Eintracht deutscher Brüder!

Auch Dank und Heil den Braven, die
Dem Joche sich entwanden,
Und muthvoll, wie im Kampfe sie
Oft gegen Deutsche standen,
Auch hier jetzt gegen Frankenwuth
Uns zeigten, daß noch deutsches Blut
In ihren Adern wallte.

Heil unsern deutschen Frauen, und
Den Töchtern Heil und Segen, [46)]
Sie heilten manche schwere Wund'
Durch ihre Hülf', und pflegen
Vereinet jetzt noch immerhin
Mit Biederkeit und deutschem Sinn
Den Fremden wie den Bruder.

Auch unsrem guten König Heil!
Er ist so fromm und bieder;
Nahm stets an unsern Leiden Theil
Und gab die Ruh' uns wieder.
Drum lebe Friedrich Wilhelm hoch!
Und unsre Enkel segnen noch
In ihm den besten Fürsten.

Ein jedes Werk der Kunst und Pracht,
Das er aus andern Staaten
Seit Jahren nach Paris gebracht,
Als Zeuge seiner Thaten,
Soll jedem Lande wiederum
Als sein gerechtes Eigenthum
Zurückgegeben werden."

Herr Denon.

Kaum war der Machtausspruch gefällt,
Zu fegen das Museum,
So gab sich Deutschlands grauer Held
Auch flugs an's Jubiläum,
Und nahm, was Preußens Lande nur
Gehörte, daß auch keine Spur
Mehr blieb, als leere Stellen.

Ein Jeder griff nun zu und nahm,
Mit Dankgefühl im Blicke,
Sein Eigenthum zur größten Scham
Der Räuber frei zurücke.
Herr Denon [45] stand als wie ein Traum,
Begaffte stumm den leeren Raum
Und seufzte nach dem Korsen.

Erläuterungen.

1) Napoleon-Bonaparte, geboren den 15. August 1769, in Ajaccio, auf der Insel Korsika.
2) Bei Aboukir in Aegypten.
3) Anno 1799.
4) In Zeit der Revolution unter Robespierre.
5) Bei der Hinrichtung Ludwig's XVI.
6) Im Juni 1804.
7) Zwei Feldzüge gegen Oestreich, im J. 1805 und 1809; und einen gegen Preußen 1806.
8) Spanien, Sardinien, Neapel, als Könige; und
9) Hessen, Braunschweig, Hannover, Oranien ꝛc. als Fürsten.
10) Sein Bruder Joseph wurde König von Neapel, nachher von Spanien.
    Sein Bruder Jerome König von Westphalen.
    Sein Bruder Ludwig König von Holland.
    Sein Schwager Murat Großherzog von Berg, nachher König von Neapel.
    Sein Stiefsohn Eugen Beauharnois, ein talentvoller junger Mann und Held, wurde Vicekönig von Italien.
11) Der Rhein blieb nicht die Grenze Frankreichs, sondern, nachdem er seinen Bruder Ludwig wieder vom Thron stürzte, nahm er Holland und nachher einen Theil an der Elbe, Weser und Lippe, — Ostfriesland, Hamburg, Bremen, Lübeck und die Festung Wesel in Besitz, und vereinigte diese Länder mit Frankreich; das Großherzogthum Berg bestimmte er für den Sohn von Ludwig.
12) Marschall Ney als Prinz von der Moscwa. Marschall Davoust, Prinz von Eckmühl.
13) Der Orden der Ehrenlegion.

XII.   9

14) Im Mai 1805.
15) Jahr 1812.
16) Im November 1812.
17) Das sogenannte Lazarethfieber, welches Tausenden von Soldaten das Leben kostete, und auch durch Ansteckung tausende Bürger am Rheinstrom wegraffte.
18) In wenigen Tagen war die schönste Armee vernichtet und mehr denn 500,000 Menschen aufgeopfert; das 29. Bulletin der franz. Armee im November 1812 gibt hierüber Bericht.
19) Jahr 1813.
20) Er soll demjenigen Marschall, der Berlin eroberte, den preuß. Thron versprochen haben. Wie Oudinot u. Ney dieses Frühstück bei Dennewitz und Großbeeren bekommen, ist bekannt.
21) Im August 1813 erklärte sich Oestreich gegen Napoleon, weil alle Opfer, die es bis dahin dem Tyrannen gebracht, ihn nicht befriedigten.
22) Nach dem unglücklichen Feldzug der Franzosen in Rußland blieb Baiern lange unschlüssig, welche Partei es ergreifen sollte, allein nach der Erklärung Oestreichs schloß es sich auch nebst Württemberg und allen andern Staaten, woraus der rheinische Bund (durch Napoleon's Uebermacht errichtet) bestand, an die Deutschen, wodurch nun dieser Bund aufgelöst war.
23) Bei Dennewitz, Großbeeren und der Katzbach ꝛc.
24) Den 15. October 1813 bis den 18. October.
25) Den 18. October.
26) Vom 1. Januar 1814 bis zu Ende des Monats.
27) Generalfeldmarschall der preußischen Armee. Die Russen hatten ihm den Beinamen Vorwärts gegeben, weil er immer: Vorwärts! Vorwärts! commandirte.

28) Der bekannte vortreffliche General bei der preußischen Armee, der durch seine geschickten Plane fast das Ganze leitete.
29) Generalfeldmarschall der östreichischen Armee.
30) Den 31. März 1814 zogen die verbündeten Truppen an der Spitze des Kaisers von Ruß= land und des Königs von Preußen in Paris ein. Kurz nachher folgte auch der Kaiser von Oestreich.
31) Fast zur nämlichen Zeit.
32) Eine Insel im mittelländischen Meer.
33) Monsieur, welcher seit Anfang der Revolution emigrirt war, und sich in England aufgehalten hat. Er ist der Bruder des hingerichteten Königs.
34) Im October 1814.
35) Den 1. März 1815 zu Cannes.
36) Bei Lyany.
37) Wurde der erste Verräther am König, indem er mit seinen Truppen zu Napoleon überging, auch späterhin zum Tode condemnirt und arquebusirt worden ist.
38) Im Mai 1815. Ist im Herbst zu Pisa in Sicilien als Aufrührer erschossen worden.
39) Den 15., 16. und 17. Juni 1815.
40) Mehrere seiner Marschälle waren von ihm schon hiezu eingeladen; das Schloß liegt bei Brüssel.
41) Den 18. Juni 1815 die berühmte Schlacht von Belle-Alliance.
42) Den 7. Juli 1815.
43) Den 15. Juli 1815, bei Rochefort.
44) In Ostindien.
45) Director des Museums, in Paris.
46) Wegen der wohlthätigen Einrichtung des Frauenvereins.

9*

IV.

Die Schlachten des heiligen Krieges

in vierzehn Liedern

von

Chr. Niemeyer.

Leipzig, 1817.

Die folgenden Lieder ſind jedesmal in den Zei=
ten der großen Thaten ſelbſt, welche ſie beſingen,
eins nach dem andern hervorgeklungen. Manche
derſelben ſind ſchon hie und da in verſchiedenen
Blättern erſchienen. Hier aber ſind ſie alle, berichtigt
und verbeſſert, in eine Sammlung vereinigt. Möge
hiebei freudigen, redlichen, deutſchen Seelen die
große Zeit noch einmal mit Glanz und Herrlichkeit
vorüberſchweben und die heilige Flamme in ehr=
lichen Herzen nähren und wecken!

Chr. N.

Das Lied von Körbeliß.

(Am 5. April 1813; auch das Treffen von Leißkau,
Mödern, Danigkow genannt.)

Bei Körbeliß, bei Körbeliß,
   Dort auf der grünen Haide,
Da zog vorbem der alte Friß
   Den Degen aus der Scheide.

Franzos, ich rathe dir, Franzos!
   Komm nicht auf diese Haide:
Denn geht allhier das Tanzen los,
   Geschieht dir was zu Leide.

Der Franzmann aber teck, und kühn,
   Kommt mit der ganzen Rotte.
„Marschir fik kleik hin nak Berlin!" —
   So sprechen sie mit Spotte.

Sie hinken aus der Stadt hinaus
   Auf ihren lahmen Pferden,
Und machen ein gar wild Gebraus
   Und grimmige Gebärden.

Und wer zuerst Berlin erreicht,
   Soll König sein in Preußen.
Ihr guten Herrn! man wird vielleicht
   Euch schlecht willkommen heißen.

Dort stehen York und Wittgenstein
   Und Borstell im Gefilde;
Der alte Friß im Himmelsschein
   Deckt sie mit seinem Schilde.

Nun bricht der Franzmann wild heraus
Und trotzt auf seine Menge.
Das Feuer kracht. Hu! welch Gebraus
Und Schreien und Gedränge.

Der Preuße läßt sie gaukeln, schrei'n
Und närrisch sich gebärden,
Und schlägt mit Kolben kräftig drein
Und legt sie hart zur Erden.

Der Reiter spornt sein wiehernd Roß
Und schwingt die scharfe Lanze.
Da läuft, was übrig bleibt vom Troß,
Schnell hinter Fluß und Schanze.

Held Grenier hat die Zähne sein
Zu Nedliß gar vergessen.
Nun, Preußen, macht euch keine Pein,
Nun wird er euch nicht freffen.

Das war der erste Waffentanz
Bei Körbliß auf der Haide;
Und Friederich, im Himmelsglanz,
Jauchzt auf in hoher Freude!

Das Lied von Großbeeren.

(23. August 1813.)

Mel. Sahon! Sahon! so leben wir ꝛc.

Sieh da! Sieh da!
Da kommt er angezogen
Trotzig unser Herr Franzos!
Meint, er ist schon in Berlin, packt die Taschen voll;
Aber vor der Stadt gibt man erst Zoll.

Sieh da! Sieh da!
Er will sich erst verschnaufen,
Ruh'n die müden Glieder aus.
Morgen soll's dann lustig geh'n, morgen zieht er ein,
Morgen in Berlin bei Sonnenschein.

Hurrah! Hurrah!
Wir bringen ihm ein Ständchen
Mit gar manchem Instrument!
Lanzen und Kanonen, Kolb' und Schwert.
Eine Lieb' ist ja der andern werth.

Heraus! Heraus!
Großbeeren das ist unser;
Aus Großbeeren müßt ihr fort!
Fort von unsern Bergen, fort aus Busch und Feld;
Bülow weist die Wege, unser Held.

Trara! Trara!
Die wackern Reiter jagen!
Hei! die Lanzen stechen scharf.
Hu! die Kugeln pfeifen. Hu! die Kolbe saust.
Wenn der Preuße schlägt, das kracht und flaust.

Haha! Haha!
Sie laufen wie die Hasen.
Wackre Jäger, hinterdrein!
Ei, welch eine Heße! ei, welch eine Jagd!
Bei Großbeeren in der finstern Nacht.

———

Das Lied von Hagelsberg.
(am 27. August 1813.)

Mel. Wohlauf, Kameraden, auf's Pferd! 2c.

Wer reitet so leise den Berg hinan,
  Von wackeren Degen begleitet?
Der Hirschfeld, der ist es, der treffliche Mann,
  Der leise bergan dort reitet.
Dem Franzmann dort unten im grünen Thal,
Will er versalzen das Mittagsmahl.

Chor.
Dem Franzmann dort unten u. s. w.

Die Franzen aus Garben wohl Hütten sich bau'n.
  Die Heerde muß bluten zum Mahle.
Der Häuser Geräth ist zum Feuer zerhau'n.
  So schwelgen sie lustig im Thale.
Wie nahe das blutige, schwere Gericht,
Das wissen die frechen Gesellen noch nicht.

Chor.
Wie nahe das blutige u. s. w.

Der Hirschfeld ersinnt nun den klüglichen Plan.
  Die Reisigen schickt er zur Linken
Durch Wald und Gebüsch auf verborgener Bahn,
  Den Franzen ein's zuzutrinken.
Er selbst mit dem Fußvolke säumet nicht
Und schlägt dem Gesindel in's Angesicht.

Chor.
Er selbst mit dem Fußvolke u. s. w.

Da fliegen die Töpf' und die Köpfe zugleich.
    Da geht's an ein Laufen und Schreien.
Wie Staare, vom Jäger ereilt am Teich,
    So sieht man den Schwarm sich zerstreuen.
Und Alles rennet dem Hagelsberg zu.
Sie denken: „da haben wir gute Ruh!"

Chor.
Und Alles rennet u. s. w.

Der Hirschfeld, der Marwitz saust stürmend nach
    Durch das Thal zu den buschigen Höhen.
Da hagelt's Kugeln vom Felsendach
    Und die Schelme sind nicht zu sehen.
Doch bauet, so hoch ihr nur wollt, euer Nest,
Wir geben euch droben, wie unten, den Rest.

Chor.
Doch bauet u. s. w.

Hurrah! Hurrah! Nun die Klippen hinauf!
    Hurrah! durch die Kugeln und Blitze!
Die Führer, die herrlichen Helden, vorauf!
    Hinauf zu des Hügels Spitze!
Hinauf, wo die wälsche Bande steckt!
Hinauf, und die Brut zu Boden gestreckt!

Chor.
Hinauf, wo die u. s. w.

Nun sind sie schon oben! Nun sind sie hinan!
    Die Franschen drücken zusammen,
Und stechen und schießen, und wollen nicht dran.
    Die eisernen Schlünde flammen.

Was Stechen und Schießen? — die Kolbe gebraucht,
Frisch drunter geschlagen, daß es raucht!

Chor.

Was Stechen und Schießen u. s. w.

Da fliegen die Köpfe, da bricht das Herz.
   Die Franschen suchen das Weite.
Doch Czernitscheff, hurrah! dort hinterwärts,
   Der Schnelle, er gibt das Geleite.
Er sticht gar scharf mit dem blinkenden Spieß.
„Ach! schrei'n sie, „ach! wären wir in Paris."

Chor.

Er sticht gut scharf u. s. w.

Gen Magdeburg läuft da, was laufen kann.
   Held Girard der läuft am Besten.
Ein winziges Häuflein nur kommt dort an
   Von allen den garstigen Gästen.
O Hagelsberg, du berühmter Ort!
Viel Schläge hat es gehagelt dort.

Chor.

O Hagelsberg u. s. w.

Das Lied von der Katzbach.
(26—28. Aug. 1813.)

Mel. Gott grüß euch, Alter! Schmeckt das Pfeifchen?

Der Regen rauscht. Wild brausen Wogen.
   Es donnert dumpf der Wald.
Da kommt gar grimmig angezogen
   Der Marschall Macdonald.

Er will den alten Blücher suchen:
　Denn es hat commandirt
Der Bonapart mit Zorn und Fluchen:
　„Er sei pulverisirt!"

Der Mörser ist noch nicht gegossen
　In diesem Erdenthal,
Worin ihr wollt zu Pulver stoßen
　Den alten Held von Stahl.

Dort steht er hinter jenem Berge
　Vom Dörflein Tribelwitz.
Gebt Acht! Er stürzt sich auf euch Zwerge
　Schnellschmetternd, wie der Blitz.

Jetzt donnert's von der Berge Rücken.
　Das ist der alte Held!
Der Franzmann meint, es soll schon glücken,
　Und tritt ganz keck in's Feld.

Der Regen rauscht. Wild brausen Wogen.
　Die Katzbach schäumt und brüllt.
Ein Leichentuch hat grau umzogen
　Das düstere Gefild.

Hervor durch Nebel, Sturm und Regen
　Bricht jach das Heldenheer.
Hei! welch ein Guß von Kolbenschlägen,
　Und Klang von Schwert und Speer!

„Hinab! hinab, zu Fuß, zu Pferde!
　Im Wasser kühlt den Muth!" —
So stürzen sie die ganze Heerde
　Hinunter in die Fluth.

Bei Wahlstatt, an der Katzbach Rande,
   Da ist die That gescheh'n;
Und Alles ruft im ganzen Lande:
   „Fürst Blücher, das war schön!"

Das Lied von Culm.
(13. Aug. 1813.)

Die Culmerschlacht, die Culmerschlacht,
   Ihr Brüder, will ich singen,
Und laßt dabei bis in die Nacht
   Die hellen Gläser klingen!

Vandamm, der grobe Henkersknecht,
   Der hat es da getroffen.
Sein Meister sprach: „Nun eile recht!
   „Der Weg nach Wien steht offen."

Da stürmt Hanns Damm, wie toll und blind,
   Hinab von Böhmens Pässen,
Als wollt' er aller Menschen Kind
   Flugs ungebraten fressen.

Doch, das war nichts! — Bei Arbisau
   Da steht mit scharfen Spießen
Ein Häuflein Helden auf der Au,
   Den Tollbrecht zu begrüßen.

Glück zu Dir, tapfrer Ostermann,
   Der vierzigtausend Degen
Mit nur achttausend wehren kann;
   Glück, Russen, euch und Segen!

Doch endlich wird der kleinen Schaar
　Die schwere Last zu sauer.
O Himmel, wende die Gefahr,
　Wend ab von uns die Trauer! —

Was siehst du dich so schüchtern um,
　Du großer Held der Franzen? —
Die Andern — ei! — sind auch nicht dumm.
　Sie werden dich kuranzen!

Ha! hinten vom Gebirge braust
　Es, wie des Waldstroms Fluthen.
Gib Acht, Hans Damm! du wirst zerzaust.
　Die kommen nicht im Guten.

Kleist-Nollendorf, Prinz August ist
　Aus Sachsen hergeflogen.
Durch Heldenhast wird alle List
　Des Franzmanns aufgewogen.

Der Reiter mit dem blanken Stahl
　Stürzt in der Feinde Rücken
Und haut, als wär's zum Hochzeitmahl,
　Die Schelmenzunft in Stücken.

Das Bajonett in kühner Hand,
　— Gewehr macht ihm Beschwerde —
So kommt der Schlesier angerannt
　Und bohrt den Feind zur Erde.

Da wird Hans Damm für seinen Bauch
　Erstaunlich angst und bange;
Er denkt: „Zuletzt erwisch'st du auch
　Noch eins in diesem Drange." —

Drum brüllt er, wie ein Schlachtestier:
  „Pardon! Pardon!" — Da geben
Sie ihm aus Gnaden noch Quartier
  Und schenken ihm das Leben.

Als nun der Feind zu Boden liegt,
  Sinkt Friedrich auf die Kniee
Und ruft: „Gott, Gott, Du hast gesiegt,
  Du krönest unsre Mühe!" —

Und Alles singt: „Nun danket Gott!
  Dankt Gott, dem Herrn der Heere!
Er macht den stolzen Feind zu Spott.
  Gebt unserm Gott die Ehre."

* * *

Das Lied von Dennewitz.
(6. Septbr. 1813.)

Mel. Der Dessauer Marsch.

„Franzmann, sieh, dort liegt Berlin!
  Hast du nicht Verlangen,
Einmal noch dorthin zu ziehn? —
  Sieh die Thürme prangen!
Traun! 's ist ein gar schöner Ort;
  Brauch's nicht zu erzählen.
Meinst du nicht, es gäbe dort
  Trefflich was zu stehlen?" —

Doch der Franzmann, der Patron,
  Hat es in der Mücke.
An der Elbe lau'rt er schon,
  Ausgestopft mit Tücke.

Drum, ihr Preußen, haltet ja
   Eine gute Wache.
Eh ihr's denket, ist er da,
   Wie ein Höllendrache.

Auf! Halloh! — seht ihr den Schwarm
   Dort im Morgennebel?
Hurrah! auf! — ein jeder Arm
   Schwinge Spieß und Säbel!
Warte, Prinz von Moskowa!
   Woll'n dir helfen schleichen.
Tauentzien, der Held, steht da,
   Läßt dich nicht entweichen.

Bülow kommt, ergreifet ihn,
   Faßt ihn in der Seiten.
Borstell, Thümen — alle glühn,
   Fliegen her und streiten.
Stolz auf seine Uebermacht,
   Steht Prinz Ney auf Hügeln,
Steht in Dörfern keck, und lacht:
   „Pah! ik bald euk fügeln!"

Deine Menge hilft dir nicht,
   Dorf hilft nichts, noch Hügel.
Preußenmuth durch Alles bricht,
   Wie auf Sturmes Flügel.
Schleudre du nur Blitz auf Blitz!
   Magst vor Wuth du schäumen:
Dennoch mußt du Dennewitz
   Noch vor Abend räumen!

Thümen ruft: „Hurrah! drauf! dran!
   „Siegen oder fallen!"
Ist der Erste auf der Bahn,
   Wird gefolgt von Allen.

Ney schreit: „Kinder, kämpf mit mir
  „Kägen dieser Drache!
„Soll sie in Berlin dafür
  „Auk viel luschtik mache!"

Als der Prinz die Worte spricht,
  Blickt er in die Weite.
Siehe da! im Abendlicht
  Zieht heran zum Streite
Russ' und Schwede, Schaar auf Schaar.
  Hei! die Reiter jagen.
Hu! da sträubt sich Franzmanns Haar;
  Zittern kommt und Zagen.

Doch das Ungewitter braust
  An mit Blitzesschnelle.
Ei! wie wird Prinz Ney zerzaust
  Hier auf dieser Stelle!
Tausend! wie der laufen kann! —
  Nun, der kommt nicht wieder.
Drum singt jeder deutsche Mann
  Diese Freudenlieder.

_____

Siegeslied nach der Leipziger Schlacht.

Mel. Auf! ihr meine deutschen Brüder 2c.

Auf, ihr meine deutschen Brüder!
  Feiern wollen wir den Tag!
Singt mit Wonne Jubellieder
  Nach so langem Weh und Ach! —
Deutschlands Freiheit, Deutschlands Ehre
  Strahlt im neuen Sonnenschein.
Deutscher, wo du wohnest, höre!
  Mische deine Jubel ein!

Auf der Elbe Felsgestaden
   Saß der korsische Barbar,
Er, mit Gottes Fluch beladen,
   Er, und seine Sklavenschaar.
Seht, wie von den Felsenmauern,
   Schielend aller Seiten hin,
Seine Tigeraugen lauern
   Und von Höllenfeuer glüh'n!

Plötzlich schleudert er gen Norden
   Oudinot, den armen Knecht.
„Greifen sollst du mir und morden,"
   Schreit er wild: „Berlins Geschlecht!"
Aber Bülow's Arm behütet
   Unser herrliches Berlin.
Was der Feind auch stürmt und wüthet:
   Blutend muß er dennoch fliehn.

Knirschend mit den gelben Zähnen
   Läßt der Korse mit Gebraus
Nun die ärgste der Hyänen
   In die Thäler Böhmens aus.
„Du sollst mir die Wiener fressen!" —
   Schreit er; und Hans Damm springt drein;
Aber stracks in Böhmens Pässen
   Fängt ihn Friedrich Wilhelm ein.

Nach dem schnellsten seiner Blitze
   Greift er, nach dem Macdonald.
Blücher, Blücher, Preußens Stütze,
   Stürmt durch Berg und Fluß und Wald.
Macdonald kommt angezogen.
   Blücher wirft das Lumpenpack
In der Katzbach düstre Wogen,
   Mann und Roß und Pack und Sack.

XII.   /   10

Diese Scharten auszuwetzen,
　　Muß Prinz Ney sich nach Berlin
Augenblicklich lassen hetzen;
　　Aber dort wacht Tauentzien;
Bülow packt in Seit' und Rücken;
　　Schwede, Russe springt herbei.
Ei! wie sie ihn zausen, pflücken
　　Diesen armen Prinzen Ney!

Wimmernd liegen die Gesellen
　　Um des Meisters schwarzes Zelt.
Trotz der Elbe tiefen Wellen,
　　Ist die Bande rings umstellt.
Oesterreicher, Russe, Baier,
　　Schwede, Preuße drängt heran.
Jetzt, du grauses Ungeheuer,
　　Jetzo, jetzo mußt du b'ran.

Angepackt an Kopf und Füßen,
　　Schleppt er sich bis Leipzig fort.
Hier steht Jeder, ihn zu grüßen,
　　Schon an seinem rechten Ort.
Alles Wüthen, alle Finten
　　Sind vergebliches Bemühn.
Rechts und links, und vorn und hinten
　　Geißeln sie drei Tage ihn.

Dieses hilft! — Er gibt die Sporen
　　Seinem allerschnellsten Gaul
Und entflieht aus Leipzigs Thoren;
　　Auch die Andern sind nicht faul,
Und ein Häuflein Spießgesellen,
　　Die sich noch des Lebens freu'n,
Springen. rascher als Gazellen,
　　Ueber Deutschlands alten Rhein.

Ausgestäubt ist nun die Bande!
  Rein ist nun das deutsche Haus!
Jetzt, was Arme regt im Lande,
  Auf! und nach dem Rhein hinaus!
Jeder Deutsche helfe, wehre
  Dort am alten, grünen Rhein!
Dann glänzt Deutschlands Heil und Ehre
  Ewiglich im Sonnenschein.

Das Lied von Arnheim.
(30. Nov. 1813.)

Mel. Sadon! Sadon! so leben wir 2c.

Der Rhein! der Rhein!
  Die Ersten sind wir drüben!
Wackre Pommern, drauf und dran!
Keck der Franzmann schiebt uns Riegel vor.
Brüder, stürmt die Wälle! Sprengt das Thor!

Da sitzt, da sitzt
  Der Franzmann in der Klemme.
Arnheim, du betrübter Ort!
Franzmann will davon, kann nicht heraus,
Sitzet in der Falle, wie die Maus.

Hurrah! Hurrah!
  Wir stürmen von den Wällen
Jubelnd nieder in die Stadt.
Blanke Säbel klirren, Büchse kracht.
Franzmann, armer Franzmann, gute Nacht! —
                                    10*

Ha sieh! Ha sieh!
Ein Löchlein zum Entwischen
Hat sich endlich aufgethan.
Laßt sie laufen bis auf Wiederseh'n,
Wann dort in Paris die Fahnen weh'n.

Das Lied von Kaub.

(1. Jan. 1814.)

Mel. Bekränzt mit Laub 2c.

Heil alter Rhein! Hier ist der Vater Blücher
    Und seine Heldenschaar!
Nun trag in's fransche Land uns sanft und sicher
    Zum guten, neuen Jahr.

Chor.

Nun trag u. s. w.

Doch sei beglückwünscht von uns frohen Zechern
    Mit deinem Labewein!
Klingt, Brüder, an! Klingt an mit vollen Bechern!
    Es lebe Vater Rhein!

Chor.

Klingt, Brüder u. s. w.

Er hört's mit Gunst. — Wie sanft die Wasser wallen
    Im heitern Mondenschein!
Ja! ehrlich meinest du es mit uns Allen,
    Du, guter Vater Rhein!

Chor.

Ja! ehrlich u. s. w.

Das Schifflein schwimmt! — Ihr drüben, deutsche
     Brüder,
 Wir kommen! Reicht die Hand!
Wir kommen! Wir gewinnen euch uns wieder
Und unserm Vaterland.

   Chor.
  Wir kommen! u. f. w.

Franzosen flieht! — Die Sieger steh'n am Strande.
 Der alte Blücher führt.
Flieht! Flieht! — Nehmt mit euch Schimpf und
     Schande!
 Die Ehre uns gebührt!

   Chor.
  Flieht! Flieht! u. f. w.

Zu Kaub, zu Kaub, da wehen unsre Fahnen.
 Sieg! Sieg! Victoria!
Aus Wolken rufen Beifall unsre Ahnen:
 „Glück zu, Germania!"

   Chor.
  Aus Wolken u. f. w.

Das Lied von Brienne.
(1. Febr. 1814.)

Mel. Gott grüß euch, Alter! Schmeckt das Pfeifchen?

Nun sind wir da, Herr Eisenfresser!
 Nun sind wir da auf seinem Grund!
Versteht er hier das Kämpfen besser,
 Wohlan! so thu er's kund.

Schaut auf, ihr Leutchen von Brienne,
  Schaut, was der Schüler kann! *)
O weh! er steckt der treuen Henne
  Das Nest zu Füßen an.

Dann schlüpft er aus, kriecht hinter Hecken
  Und Sumpf und Bach und Wald.
Was da! Wir spielen nicht Verstecken;
  Heraus aus Dorf und Wald!

Nun speiet jede Hütte Blitze
  Und Kugeln jeder Zaun:
Doch Blücher's Schwert flammt an der Spitze
  Und flammet Schreck und Graun.

Und Sacken hilft gar männlich streiten,
  Und Würtemberg und Giulay
Und Wrede. — Links und rechts zur Seiten
  Und mitten Schlachtgeschrei.

Hu! welch Gewühl von Mann und Rossen!
  Sie tödten, — sehn sich nicht.
Der Wintersturm mit Schnee und Schloßen
  Verhüllt der Sonne Licht.

Dann führt der Mond im trüben Schleier
  Herauf die schwarze Nacht.
Da läuft davon das grause Ungeheuer.
  So hat er's stets gemacht!

----

*) Bonaparte war einst Schüler in Brienne.

Das Lied von Laon.
(9. März 1814.)

Laon! Laon! so lange deiner Thürme Spitzen
 Im schönen Sonnenstrahl
Dort auf den hellen, weinbekränzten Hügeln blitzen,
 Glänzt unser Siegesmahl.

Dort steh'n die Helden, Blücher, Wilhelm,
    Kleist und Sacken,
 York, Bülow, Ziethen, Horn.
Franzos, Franzos! komm nicht heran! Wenn sie
    dich packen,
 Verlor'n bist du, verlor'n!

Der tolle Franzmann läßt nicht helfen sich, noch
    rathen,
 Wenn Bonaparte hetzt.
Der schreit: „Allons! Allons! vortreffliche Soldaten!
 Jetzt haben wir sie, jetzt!"

Sie rennen an, grad' aus und rechts und links;
    sie stürmen;
 Die Hügel blitzen Tod.
Sieh! wie sich drunten grause Leichenhügel thürmen
 Im Thal, von Blute roth.

Der Korse knirscht. Er will nicht von der Stelle
    weichen.
 Er will nach Niederland.
Grad' aus, das geht nicht; nun, so will er sie
    umschleichen.
 O jämmerlicher Fant!

Die Nacht sinkt nieder auf die blutbenetzten Auen.
  Der Franzmann ruhet aus.
Doch m o r g e n soll man seine Heldenthaten schauen,
  Im funkelneuen Strauß.

Was naht sich dort durch Busch und Berg so leis
              im Dunkeln,
  So still und ohne Laut? —
Wie? Büchsen seh' ich, Spieße, blanke Säbel
              funkeln?
  Was ist das? — Hu! mir graust.

Prinz W i l h e l m ist's, der alte H o r n, und K l e i s t,
              und Z i e t h e n.
  Heran sind sie, heran.
Jetzt, Bonapart'! jetzt hagelt's dir in deine Blüthen,
  Und das Gericht geht an.

Trompeten schmettern. Hörner schallen. Hurrah
              brauset.
  Granaten zischen drein.
Die Büchse kracht. Kartätschenwetter heulet, sauset;
  Und Z i e t h e n ruft: „Haut ein!"

Ah mon Dieu! wie schrei'n, wie laufen die Fran=
              zosen
  Durch Nebel und durch Nacht!
Der Fußknecht ohne Schuh, der Reiter ohne Hosen.
  Wer hätt' auch das gedacht!

153

Das Lied von Laferre.

(25. März 1814.)

Mel. Der Vogelfteller ꝛc.

Der Bonapart' nach Often wies
Und rief: „Wir ziehen von Paris
Nun Alle luftig an den Rhein
Und trinken da den fchönen Wein;
Und wenn die Deutfchen kommen nach,
Sind wir fchon Herrn von Dach und Fach.
Der deutfche Bär, wie fich's gebührt,
Wird bei der Nafe umgeführt."

Der Schwarzenberg nach Weften wies
Und rief: „Nun geht es nach Paris!"
Hei! welch ein heller Freudenklang
Schallt ab und auf, das Heer entlang.
Die fchnellen Reiter lobefan,
Sieh da! fie traben fchon voran,
Und alle Schaaren folgen nach.
So geht es fürbaß Nacht und Tag.

Was graut dort durch den Nebel her,
Lang, wie ein Riefe, rauh, wie Bär? —
Und näher kommt es, Schaar auf Schaar —
Franzofenreiter find's fürwahr!
Und Haufen Fußvolk hinterdrein,
Und lange, lange Wagenreih'n,
Die fahren Pulver, Brod und Wein
Dem Bonapart' nach an den Rhein.

„Stoi!" ruft Kofack. „Halt!" ruft Hufar.
Poß Hämmerlein! wie ftußt die Schaar.
Sie fuchten ihren gelben Zwerg
Und finden nun den Schwarzenberg

Und noch den Blücher obendrein.
Ein Grausen geht durch Mark und Bein.
Gar theuer ist der gute Rath.
„Linksum!" schreit Marschall und Soldat.

„Vorwärts!" ruft Blücher. Hu! da fährt
Drauf ein der Sturm mit Lanz und Schwert.
Franzos drängt rasch sich Mann an Mann
Und wehrt sich grimmig, was er kann,
Und eilt zurück in großer Hast;
Denkt, „bei Lafere, im Morast,
Da lachen wir die Reiter aus
Und bringen unsre Haut zu Haus!"

„Hurrah!" — Wer donnert dort heran?
Der Russenczaar, der hehre Mann.
Kanonen rasseln hinterher.
Nun, Franzmann, strecke dein Gewehr!
Franzos ist keck, will noch davon
Nach seinem lieben Babylon.
Da thun sich Feuerrachen auf
Und enden manchen Lebenslauf.

Die Kugeln brechen Lücken ein.
Die Reiter mähen hintendrein.
Hu! welch Geschrei; hu! welch Gebraus.
Nun, Franzmann, kommst du nicht nach Haus.
Da liegen sie, ach! weit und breit,
Wie rothes Laub umhergestreut.
Die Reiter stürmen drüber hin:
Denn nach Paris steht Herz und Sinn.

Das Lied vom Montmartre.

(30. März 1814.)

Ihr Helden, auf! der Schlachtruf schallt!
　　Auf! Lanz und Schwert geschwungen!
Hinan, ihr Kämpfer, kühn und bald
　　Hinan, hinauf gedrungen,
Und durch des Eisenarms Gewalt
　　Den Siegerkranz errungen.

Dort, edle Helden, grünt er euch,
　　Auf des Montmartre Höhe!
Dahinter liegt des Teufels Reich.
　　Nun ruft ein dreifach Wehe
Und macht das Nest der Erde gleich,
　　Daß man die Spur nicht sehe.

Hurrah! die Kühnen bringen an,
　　Die Berge sprühen Blitze.
Der Feind wehrt oben, Mann an Mann.
　　Sein Wehren ist nichts nütze,
Dort stürmt die Preußenschaar heran,
　　Der König an der Spitze.

„Mir nach!" — so spricht der edle Mann,
　　„Ich steh' euch an der Seite.
Ich kämpfe selbst, ich brech' die Bahn,
　　Ich geh' voran im Streite.
Mir nach! mir nach! hinauf! hinan!
　　Mir nach! wohin ich leite."

Da schlägt das Heer in Wogen auf,
  Da hemmt nicht Wall, noch Hügel.
Empor, empor im Siegeslauf!
  Empor auf Sturmesflügel!
Und Alles ruft: „Hinauf! hinauf!
  Zersprengt den letzten Riegel!"

Der Deutsche und der Russe schwingt
  Des Armes Eisenschwere.
Das Heerhorn, die Drommete klingt,
  Es blitzen Schwert und Speere.
Paris! Paris! dein Stern versinkt,
  Verglimmt ist deine Ehre!

O schaue hin, mein Vaterland!
  Sie sind, sie sind schon oben.
Der Feinde Schwarm ist feig entrannt.
  Laßt unsern Gott uns loben,
Er hat mit seiner Allmachtshand
  Das Heer hinaufgehoben.

Nun ist erstürmt des Teufels Reich,
  Nun naht der Tag der Rache,
Und nun empfängt den letzten Streich
  Der korsikan'sche Drache.
Durch euch, ihr Helden, o durch euch
  Siegt nun die gute Sache.

„Erbarmen! ach Erbarmen!" fleh'n
  Die Trotzer nun und beben.
„Laßt Gnade vor dem Recht ergeh'n!
  Wir sind euch hingegeben!
Laßt unsre Stadt nicht untergeh'n!
  Ach laßt, ach laßt uns leben!"

Da wird der Sieger Herz so weich,
　　Daß huldvoll sie verzeihen,
Und statt zu stürzen Feindes Reich,
　　Es bessern und erneuen.
O edle Sieger, mög' es euch
　　In Zukunft nie gereuen.

Das Lied vom schönen Bunde.

(16—18. Juni 1815.)

Auf, Deutschland, auf! — der Störenfried
　　Aus Elba ist entwischt,
Und lacht und pfeift sein altes Lied,
　　Und fletscht den Zahn und zischt.

Und flink sind die Gesellen da,
　　Viel hunderttausend Mann.
Sie schreien: „Heisa! Hopsasa!
　　Nun geht es wieder an!"

Auf, Deutschland, auf! und waffne dich
　　Mit deinem guten Schwert,
Und schwing' es, schwing' es ritterlich
　　Und schütze Thron und Herd.

Da rasselt es durch jeden Gau,
　　Die Helden stehen auf.
Da zieh'n sie hin durch Wald und Au
　　Und rufen; „Dran und drauf!"

Der alte Blücher ist voran,
   Und Bülow, Pirch und Kleist,
Und Gneis'nau, Ziethen, Thielemann.
   Worauf schwebt Friedrich's Geist.

So geht es rasch nach Niederland,
   Held Wellington ist dort.
Der reicht den Brüdern seine Hand.
   Da heißt's: „ein Mann, ein Wort!"

„Ein Wort, ein Mann!" das wird bald wahr.
   Der falsche Korse bricht
Jach, unvers, h'ns mit seiner Schaar
   Hervor und haut und sticht.

Hu! wie er mit dem ganzen Schwarm
   Auf Blücher's Häuflein fällt.
Er denkt: „Zerbrech' ich dem den Arm,
   So bin ich Herr der Welt."

Da schlägt man eine blut'ge Schlacht.
   Ein Mann steht gegen drei,
Und steht bis in die finstre Nacht
   Und streitet ohne Scheu.

Drauf denkt der Korse: „Die sind matt!
   Nun Wellington heraus!
Und dann zu Brüssel in der Stadt
   Den lust'gen Siegesschmaus!"

Hu! wie der Donner wild erbrüllt!
   Hei! wie die Reiter schrei'n!
Wie Dampf und Staub das Feld erfüllt
   Und birgt der Sonne Schein.

Wie Hauf' an Haufe schäumt und stürmt,
  Bald hier, bald da, bald dort;
Doch Wellington, der Held, beschirmt
  Unzaghaft keinen Ort.

Doch immer größer wird die Noth
  Und kleiner wird die Zahl.
Jetzt heißt es: „Siegen oder Tod!"
  Sonst gibt es keine Wahl.

„Sieg! Sieg! Sieg!" kreischet Bonapart',
  „Frankreich, Victoria!"
„Wart'!" donnert Blücher seitwärts, „wart'!
  Noch sind wir Preußen da!"

„Da sind sie!" Welch ein Freudenton
  Ihr donnerndes Geschütz!
„Da sind sie!" jauchzet Wellington;
  „Dort seitwärts flammt ihr Blitz!"

Dem Korsikaner starrt das Blut
  Im Herzen stracks zu Stein;
Er reitet ohne Schwert und Hut,
  Als wär' er toll, selbein.

Die ganze Bande läuft ihm nach,
  Held Blücher hintendrein.
Welch eine Jagd! Welch eine Jagd
  Bis in Paris hinein!

Bis in Paris! — Das Heldenheer,
  Dort ist's zum zweiten Mal.
Nun, Fürsten, schonet nicht zu sehr!
  O spart uns neue Qual!

Anhang.

Das Feld von Waterloo.

(Nach dem Englischen des W. Scott.)

Fern bist du, schönes Brüssel, nun verschwunden;
Der Glocken Lied verhallt im weiten Raum,
Hinsäuselnd über Fluß und Busch und Baum.
Uns hält Soignies düstrer Wald umwunden.
Gleich Säulen steigen schlanke Buchen auf,
Wo zwischen finstern Eichen grüne Birken
Ein undurchdringlich pfadlos Dickicht wirken,
Dem Wandrer trotzend, hemmend seinen Lauf.
Vergebens schaut der Blick nach lichten Stegen —
Der Blätter brauner Teppich deckt den Grund,
Stets unberührt von Sonne, Luft und Regen;
Kein heller Durchhau thut sich tröstlich kund;
Kein Bach, mit Lichtern schimmernd, rinnt zur Seite.
Ein ödes Einerlei, der finstre Steig
Verliert sich, überwölbt von manchem Zweig,
Nicht abzusehen in der düstern Weite.
O sieh! ein anmuthsvoller Schauplatz glänzt!
Der Wald zerstreuet sich in Busch und Hecken.
Sieh Hütten dort, von Wies' und Feld umkränzt!
Wie ist der Ernter rasch mit Sens' und Stecken!*)
Denn kurz zuvor, bei dieser Aehren Grün,
Als rings umher sich die Verderber zieh'n,
War Hoffnung klein, die Ernte zu bereiten.

*) Hakenstab, womit in den Niederlanden das Korn zusammengefaßt wird.

Nun schau' ein Dörflein und den Wetterhahn!
Sieh nicht den schlechten Bau verachtend an:
Denn — Waterloo ist's, hehr auf alle Zeiten!

Die Hitze fürchte nicht, ob scharf und schwül
Die Sonne brennt, und kaum ein Zweiglein kühl
Noch dort und hier sich über uns will breiten:
Denn dieß Gefild' sah einen heißern Tag,
Als je der Sonnenstrahl entzünden mag.
Nun laß ein Stündlein uns noch weiter schreiten!
Jetzt sind wir da! — Nun laß uns stille steh'n
Und von des sanfterhob'nen Hügels Rücken
Durch manchen Busch in's Thal hinunterblicken!
Sieh! wie der Abhang sich so lind und schön
Herniedersenkt, als ob des Schleiers Falten
Von eines Mägdleins Busen niederwallten.
Doch nicht gar fern sieh dort das ebne Land
Zu einem Wall sich wiederum erheben
Und rings mit rauhen Gipfeln aufwärts streben,
Den Horizont umzieh'n mit finstrer Wand.
O schönes Thal inmitten dieser Höhen,
Wie schlängelst du dich hier so sanft und lind!
Hier ließ auch wohl ein zartes, holdes Kind
Den weißen Zelter ohne Zügel gehen.
Kein Graben, Busch, noch Baum und Zaun ist hier,
Des Renners Lauf zu hemmen oder beugen.
Nur still hervor aus wild zerriss'nen Zweigen
Ragt, Hugomonts zerschloss'ne Thürme, ihr!

Was ist in dieser Oede nun zu finden,
Das uns, was hier geschehen, mag verkünden?

XII.   11

Ein Fremder spricht: „Die nackte Stoppelflur
Scheint jüngst von ihrem Garbenwald gelichtet,
Und schwere Wagen, breit und hoch geschichtet,
Sie ließen eingedrückt dort manche Spur.
Dort jene weiten Plätze, dichtgetreten,
Sie zeigen uns, so scheint's, die lust'gen Stätten,
Wo frohes Landvolk tanzte seine Reih'n.
Dort, wo die Stoppeln abgesengt von Flammen,
Da waren sie im Erntefest beisammen
Und hüpften um des Feuers hellen Schein."

———————

So wähnest du! — So pflegen wir zu träumen
Aus dem, was scheint, oftmals uns das, was war.
Ach nein! — gesammelt ist auf diesen Räumen
Nicht, wie mit Sicheln eilt die muntre Schaar.
Nein, nein! mit grimmer Faust, mit Schwertern,
                                        Spießen
Hat man allhier, bevor die Sonne wich,
Das rothe Blut in Strömen seh'n vergießen
Und der Erschlag'nen Hügel fürchterlich;
Nicht Garben sanken hier, gering zu melden,
Bei jedem grausen Streiche sanken Helden.

Weh! blicke hin! dort jenen Streif, zertreten
Und schwarz — dort lagerte das wilde Heer!
Dort jener harte Sumpf zeigt dir die Stätten,
Wo kühn der Reiter in das Kämpfermeer
Sein schäumend Streitroß trieb durch Bluteswogen.
Die tiefen Gleise hat Geschütz gezogen,
Verloren bald, erkämpft bald wiederum;
Und diese grausen Höhlen — hörst du? — raunen
Von krachenden, zersprungenen Karthaunen;

Und hohe Grabeshügel um und um,
Und arger Dunst verkündet: „Nicht geheuer
Ist's hier, der grause Tod hat bleich und stumm
Hier angefüllt die tiefe, finstre Scheuer."

―――――

Von andern Festen, andern Feiertagen,
Als die der Landmann sucht, wenn Arbeit ruht,
Weiß dieß verbrannte, schwarze Feld zu sagen.
Der Tod lag über diesem Fest der Wuth,
Trieb grause Boten durch's Gewühl und lud
Gar manchen Gast zu seinem blut'gen Tanze.
Durch dicken Pulverdampfes schwarze Fluth
Erkennt er bei der Leichenfackeln Glanze
Die Auserwählten. — Sein entzücktes Ohr
Weiß durch des Schlachtgeschrei's vielstimm'gen Chor,
Durch Hörnerschall, durch Donner der Kanonen,
Durch wildes Hurrah stürmender Schwadronen,
Zu unterscheiden, horchend, jeden Ton,
Bis zu des Sterbens kläglichem Gewimmer,
Bis zu dem letzten Seufzer, wenn beim letzten
                    Schimmer
Gebroch'ner Augen nun der Geist entfloh'n.

―――――

So jauchze denn, du grimmer Feind des Lebens!
Doch denke nicht, daß lange dieser Streit
Noch raset. Kraft ist hin; Schwachheit gebeut.
Ach nein! auch diese Hoffnung ist vergebens.
Die Sonne sah durch trüben Morgenduft
Des Kampfs Beginn; erstieg die lichte Höhe;
Nun sinket sie in kühler Abendluft:
Noch immer aber schallt Geschrei und Wehe
                                    11*

Herauf durch Dampfeswogen. Frische Kämpfer zieh'n
Rastlos, so dort als hier, herab und glüh'n,
Die wilde Schlacht von Neuem zu entzünden.
Hurrah und Donner und Geklirr verkünden,
Daß Alles, was die Kraft und Kunst vermag,
Sich prüft an diesem zweifelvollen Tag.

O bleiches Brüssel, was hast du gedacht,
Als in der Fern' es rastlos brüllt' und kracht'? —
Sie wagen nicht zu athmen, deine Bürger,
Sie zittern, horchen, ob vielleicht der Würger
Im Donner naht mit Plünd'rung, Brand und Mord.
Weh! welch ein grauses Schicksal zeigt sich dort!
Es wälzen durch die Pracht der schönen Gassen
Verwundete, zerfleischt, sich hin mit Müh';
Der Wagenzug mag seine Last kaum fassen,
Mit rothen Blutesströmen löschen sie
Den Staub, wie wenn die Wolken Regen senden.
Horch, Trommelschlag! — Es naht der Bösewicht,
Die Furien voran mit Feuerbränden,
Anhetzend, winkend mit den blut'gen Händen.

Getrost, du schöne Stadt! — Es ist ihm nicht
Vergönnt. Stand muß er halten. Mag er rasen
Und nach der Beute strecken seine Faust!
Vergebens ist es, daß er schreit und braust
Und strebt, die Gluth von Neuem anzublasen.

„Drauf!" schreit er schäumend, „stürmt den Höllen=
　　　　　　　　　rachen
Der flammenden Karthaunen euch entgegen!
Vorwärts mit donnerndem Geschütz, mit Degen,
Mit Speer! Vorwärts, ihr stahlumschirmten Drachen!

Vorwärts, ihr meine auserwählten Wachen,
Greift an für Frankreich und Napoleon!"
Da hört man einen lauten Freudenton.
Man sieht die Tapfern in Gefahren eilen,
Man sieht sie stürmen, trotzen dem Geschick, .
Nur er allein mag die Gefahr nicht theilen,
Nur er allein, der Führer, bleibt — zurück.

Nicht so der Wellington! des Landes Mauer,
Voran glänzt er, wo Eisenhagelschauer
Das Schlachtfeld fegt. Dem hellen Lichtstrahl gleich,
So schnell; an Worten arm, an Thaten reich;
So zeigt er sich: „Steht fest, ihr wackern Krieger!
Die Ewigkeit wird reden von dem Sieger."

––––––––

Wie eines Wetters letzter, wilder Stoß,
So bricht der Wirbelwind der tollen Franzen,
Stahlfunken, Blitzen gleich, und Wald von Lanzen,
Aus finstern Pulverwolken stürzend, los.
Dreihundert Schlünde speien Kugeln, Gluthen.
Es brüllt vielstimmig tödtendes Geschoß.
Man sieht hervor die Eisenreiter fluthen,
Der wilde Pole zieht mit scharfem Speer
Und mit Geschrei drängt nach das ganze Heer.
So rauscht der breite Strom bergan. Aus Grüften
Von Dampf und Flammen wirbelt zu den Lüften
Der wilde Kriegsruf: „Vive l'Empereur!"

Doch Heldenherzen mag der Sturm nicht schrecken.
Dem Aug' entstrahlt ein wandelloses Licht.
Hinsinkend wollen sie den Platz bedecken,
Den Schritt zurückezieh'n sieht man sie nicht.

Schnell, wie das Kugelwetter ihre Reihen
Zerreißt, fliegt eine frische Schaar heran,
Fügt sich den Wunden und Gefall'nen an.
Und rasch sieht man die Ordnung sich erneuen.
Der Feind ist da. Er stürmt. Aus Qualm und Blitzen
Taucht Helm und Federbusch und Schwert herauf.
Doch schon am Ende ist der kurze Lauf!
Durchbohrt vom schnellen Blei des raschen Schützen,
Stürzt Roß und Mann und Adler und Panier.
Und jach! rauscht düstrer Reitersturm herfür,
Schwenkt rasch den Franzen in die offnen Seiten,
Erbricht den Weg mit hurtiger Gewalt,
Und nun, wie wenn der Ambos klingend ballt,
So hört man Schwerterklang, indem sie streiten;
Die Rosse wiehern und der Harnisch schallt;
Geschütze donnern Tod und brechen Lücken,
Geschwader stürmen ein, zerstreu'n, zerstücken. —
Da prallt der Haufen ab, ein wüster Schwall,
Vom Schreck ergriffen, gräßlich eingeenget,
Aus Reiter, Fußvolk wunderlich gemenget,
So taumeln sie, nach ihrer Führer Fall,
Und fahnenlos — hinab den blut'gen Wall.

––––––––––

Entscheidungsaugenblick ist jetzt zu handen, —
Und den erfaßt der hehre Brittenheld.
„Vorwärts!" ruft er. — Und wie das Heer gestanden,
Den Felsen gleich, an seinen Meeresstranden,
An denen Fluthensturm kraftlos zerschellt,
So bricht's nun aus wie seines Meeres Wogen.

Und was denkst du, der du um schnöde Gier
Die Deinen hast in diese Schmach gezogen? —
Wie? werden die Zerbrochnen auch noch hier
Abwarten jenes Wetter scharfer Klingen? —

Nach Jenen,*) seitwärts nahend, blickst du hin,
Und jubelst im bethörten, blinden Sinn:
„Die Sieger an der fernen Dyle bringen
Schon frische Waffen, meinen Feind zu zwingen!"
Wie? ist der Blücher dir ganz unbekannt?
Haft du nicht oft in deinen bösen Stunden
Die Schwere dieser alten Heldenhand
In deinem Nacken grausenvoll empfunden?
Klingt's gar nicht mehr in deinem Haupte nach,
Zu welchen ungeheuren Rachewettern
Die Preußenhörner und Trompeten schmettern? —
Was bleibt nun übrig noch am Unglückstag! —
In neuen Sturm willst du die Trümmer jagen? —
Nein! — Denke jetzt an jenen Römermann,
Der in des grauen Alterthums verfloss'nen Tagen
Auch auf der Ehrsucht glatte Schwindelbahn
Verwegen sich gewagt. Es war geschehen
Der rasche Wurf. Nun blieb er selbsten stehen,
Grub sich sein rothes Grab mit eignem Stahl,
Verließ nicht, die sich ihm zum Opfer brachten,
Und liegt nun dort, wo er verlor, im Thal.
Verabscheu'n wird man ihn, doch nicht — verachten.

Du aber richtest deinen feigen Sinn
Auf Sicherheit der eignen Haut, wie immer.
Nicht achtend jener zwanzigtausend Trümmer,
Lenkst du erbebend um und fliehst dahin.

---

*) Als die Preußen aus Osten dem bedrängten Wel-
lington zu Hülfe eilten, hielt Bonaparte sie
Anfangs für seine Leute unter Grouchy und Van-
damme, welche er abgesandt hatte, um die Preußen
weit ab nach Lüttich zu drängen.

Umsonst vergoßt ihr auf des Kampfs Gefilden
Eu'r Blut, um seinen Kriegsruhm zu vergülden!
Euch und den Ruhm verkauft er für die Haut.
Was sollen künft'ge Zeiten nun vermelden
Von solcher Feigheit, solchem Unbestand? —
Erkennt man noch in dir Marengo's Helden,
Den, der bei Lodi, Wagram überwand? —
Der Bergfluth gleichst du, welche, angeschwollen
Durch Wintersturm und Schnee, darniederbrüllt,
Ein wilder, breiter Strom. Doch sieh'! es wollen
Nicht jene Hülfen neue Kraft mehr zollen,
Der Strom versiegt; ein dunkles Bächlein schrillt
Und schleicht armselig sich davon. — Das Bette
Zeigt wohl in mancher Trümmer noch die Stätte
Des alten Sturm's: Doch hin ist jene Kraft,
Die einst so Eich', als Klippe weggerafft.

Sporn' an die Flucht! — Seit nun dein Ohr die Klagen
Der alten Kampfgenossen hat ertragen,
Den Ruf voll Wuth und Scham, von mancher Zähre
Begleitet: „Ach! daß er gefallen wäre
Doch nur!" — Sporn' an die Flucht, du feiger
                              Wicht!
Doch einen Blick vorher noch von den Höhen
Auf jenen Fluchtschwall dort im Mondenlicht,
Dem Strome gleich, der seinen Damm durchbricht
Und tausend Dinge, rasch, nur halbgesehen
Vorüberführt und saust und brüllt und heult,
Und dann mit grausem Wogensturz enteilt:
So wirbeln Wagen hier, Geschütze, Reiter
Und Fußvolk, im verwirrten, wilden Lauf;
Und noch am Morgen forderten sie auf
Zum Kampf — der ganzen Welt verbund'ne Streiter.

Horch, Racheruf des Grimms! — Der Preußenspeer
Durchfährt das flüchtige Gedräng' und tödtet.
Ein solch Geschrei du hörtest nimmermehr,
Als zu der Berezina dort, geröthet
Von Blut, gemischt aus Flammen, Eis und Moor,
Der Reitersturm vom Don mit Hurrah drängte.
Auch nicht zerriß ein solch Geschrei dein Ohr,
Als aller Hülfe baar, vor Leipzigs Thor
Verzweifelnd der Polak in Fluthen sprengte,
Von dir verlassen, und dann unterging.
Du nur entrannst. — Dieß war des Schicksals Wink,
Daß zu viel tieferm Fall es dich erkoren.
Noch einmal hast du wilden Wurf gethan.
Nicht etwa dieses Schlachtfeld hängt daran, —
Nein! — Ruhm und Nam' und Reich — sie sind
                                verloren!
Der letzte Streich geschah an diesem Tag,
Des Zornes letzte Schale ward ergossen
Ob deinem Haupt, dein Untergang beschlossen,
Und weh! — Das letzte Schreckenssiegel brach.

V.

Einige Lieder für freie Deutsche.

Deutschland, 1813.

I.

Ein Traum während Deutschlands tiefster Erniedrigung. 1810.

Dumpf, wiederhallend donnerte die Ferne,
  Doch Ruhe säuselte durch meinen stillen Raum;
Und weihend strahlten über mir die Sterne,
  Da träumt' ich einen schönen Traum:

Umhangen mit des Friedens süßen Kränzen
  Erblick' ich dich, mein heilig Vaterland!
Ein junger Held war's, der an deinen Grenzen
  Ernst wie ein Cherub mit dem Schwerte stand.

Er scheuchte sie zurück in ihre tiefe Hölle,
  Die Zwietracht, welche schon die rothe Fackel
                        schwang;
Ein jeder Hain war eine Altarstelle,
  Ein Hymnus jeder Waldgesang.

Ich sah das Volk von unbefleckten Gauen —
　　Es lebte nicht von Raub und fremder Länder
　　　　　　Mark —
Ich sah ein kräftig Volk, voll Muth und Selbst-
　　　　　　vertrauen,
　　Wie seine Sprache sanft und stark.

Kraft war Natur und edler Muth war erblich,
　　Zum Jüngling sprach der lebensmüde Greis:
Trotz Bann und Tod, sei brav! Nur der Mann ist
　　　　　　unsterblich,
　　Der für das Recht zu sterben weiß! —

Ich bin erwacht! — Die Zauberbilder schwanden;
　　Wie ist um mich der Hain so stumm und leer!
Hat hier mein Vaterland gestanden?
　　Hier stand es. Ach! — und steht nicht mehr!

Im Wald umseufzt mich dumpfes, kaltes Grauen;
　　Dort, wo es schwarz herauf vom Ulmenthale
　　　　　　raucht,
Dort schritten Mörder durch die Auen,
　　Dort hat ein Dorf sein Leben ausgehaucht!

Verhüllst du nicht, o Sonne, deine Strahlen? —
　　Gezwungen ward die Flur zur Mitschuld, sie
　　　　　　trank Blut —
Trank ihrer Söhne Blut! — Verworfene Vandalen
　　Ergossen hier der ganzen Hölle Wuth.

Der halbgestorbene Greis, geführt von seinem
　　　　　　Sohne,
　　Verließ den Raum, wo seine Hütte stand.
Die schöne Sitte mit der Lilienkrone
　　Nahm ihren Schleier und verschwand.

Was bleicht, o Jungfrau, deine Rosenwangen?
 O Gräu'l! den Frevel nenn' ich nicht! *) —
Hat Todesnacht, o Jüngling, dich umfangen,
 Daß nicht dein Muth hervor in edle Thaten bricht?

Wo sind, o Friedrich, deine Siegerschaaren,
 Daß sie den Räubern nicht entgegenzieh'n?
Geschmäht, gefesselt, ach! von gallischen Barbaren,
 Und unsre deutschen Fürsten knieen! —

Sie knie'n und betteln von der Macht der Schande
 Um einen angestammten Thron. —
Wer wehrt die Schmach von meinem Vaterlande?
 Der Frevel triumphirt und spricht dem Rechte
  Hohn.

Dein Herrschersitz, o Fürst, zu einem niedern Throne
 Herabgestürzt, ist mit Verrath umringt;
Und eine Sclavenbind' ist jene Krone,
 Die dein gesalbtes Haupt umschlingt.

Wir dürfen weinend an die Brust nur schlagen,
 Wenn sich das deutsche Blut in ihr empört!
Wir dürfen nur verseufzen unsre Klagen,
 Daß nicht des Lauscher's Ohr sie hört.

Dort riß die Tyrannei dir einen Sohn vom Herzen,
 Mein Vaterland, und würgt ihn mörd'risch
  hin! **)
Und doch, wen feierst du mit Gottesdienst und
  Kerzen?
 Gezwungen feierst du den Sieg der Frevlerin!

---

*) Man erinnere sich nur der Gräuelscenen in Lübeck.
**) Der Buchhändler Palm aus Erlangen.

Ich sehe deine laubbekränzten Städte
   Dankopfer bringen, ach! für Knechtschaft und
                         Verlust.
Und doch, kein Donner schlägt in die Gebete,
   Die Gott verhöhnend du zum Himmel senden mußt!

Wer glaubt' es, wenn die Welt es nicht gesehen hätte,
   Welch eine niedre Brut das Scepter dir zerbrach!
Erkämpfen mußt du, selbst erkämpfen deine Kette!
   Fühlst du den ganzen Fluch — dieß Elend deiner
                      Schmach?

Wie schwarze Wolken zieh'n die Räuberhorden;
   Ihr Fürsten säumt! O seht, schon naht der
                  finstre Schwarm.
Nach Rettung schaut. Nicht bloß blickt hin nach
               Norden —
Auf, schüttelt selbst die Ketten euch vom Arm!

Dein Fürstencorps, Germanien, in Banden! —
   Ich kenne dich nicht mehr in deinem Sklavenjoch. —
Wie zürnt der Rhein! Hier hat mein Vaterland
               gestanden,
   Die heil'ge Stelle kenn' ich noch.

Euch frag' ich, Deutsche: Wird kein Retter mehr
            erscheinen?
Die Schande schrei' ihm nach, wenn er im Dun=
            keln säumt,
Wie zürnt der Rhein! O laßt mich geb'n und weinen,
   Wo ich einmal den schönen Traum geträumt!

II.

Des Deutschen Vaterland.

Wo ist des Deutschen Vaterland?
Ist's Preußenland? Ist's Schwabenland?
Ist's, wo am Rhein die Rebe blüht?
Ist's, wo am Belt die Möve zieht?
    O nein! o nein!
Sein Vaterland muß größer sein.

Wo ist des Deutschen Vaterland?
Ist's Baierland? Ist's Steierland?
Ist's, wo des Marsen Rind sich streckt?
Ist's, wo der Märker Eisen reckt?
    O nein! o nein!
Sein Vaterland muß größer sein.

Wo ist des Deutschen Vaterland?
Ist's Pommerland? Westphalenland?
Ist's, wo der Sand der Dünen weht?
Ist's, wo die Donau brausend geht?
    O nein! o nein!
Sein Vaterland muß größer sein.

Wo ist des Deutschen Vaterland?
So nenne mir das große Land!
Gewiß, es ist das Oesterreich,
An Siegen und an Ehren reich.
    O nein! o nein!
Sein Vaterland muß größer sein.

Wo ist des Deutschen Vaterland?
So nenne mir das große Land!
Ist's Land der Schweizer? Ist's Tyrol?
Das Land und Volk gefiel mir wohl.
   Doch nein! doch nein!
Sein Vaterland muß größer sein.

Wo ist des Deutschen Vaterland?
So nenne mir das große Land!
Ist's, was der Fürsten Trug zerklaubt?
Vom Kaiser und vom Reich geraubt?
   O nein! o nein!
Das Vaterland muß größer sein.

Wo ist das deutsche Vaterland?
So nenne endlich mir das Land!
So weit die deutsche Zunge klingt
Und Gott im Himmel Lieder singt,
   Das soll es sein!
Das, wackrer Deutscher, nenne dein!

Das ist das deutsche Vaterland,
Wo Eide schwört der Druck der Hand,
Wo Treue hell vom Auge blißt
Und Liebe warm im Herzen sißt,
   Das soll es sein!
Das, wackrer Deutscher, nenne dein!

Das ist das deutsche Vaterland,
Wo Zorn vertilgt den welschen Tand,
Wo jeder Franzmann heißet Feind,
Wo jeder Deutsche heißet Freund,
   Das soll es sein!
Das ganze Deutschland soll es sein!

Das ganze Deutschland soll es sein!
O Gott vom Himmel sieh' darein,
Und gib uns rechten deutschen Muth,
Daß wir es lieben treu und gut.
    Das soll es sein!
Das ganze Deutschland soll es sein!

III.

Bei Eröffnung des Feldzugs zur Rettung Deutschlands, 1813.

Auf! sammelt euch zu euren Fahnen;
Nur muthig-fromm das Schwert gefaßt!
Eröffnet sind des Ruhmes Bahnen,
Gebrochen eurer Fesseln Last.
Auf, Brüder! Laßt uns muthig wallen
Zur Elbe, zu des Rheines Strand;
Die Ketten müssen alle fallen,
Frei sein das ganze deutsche Land.

Auf! auf! und kühn hindurchgedrungen,
Soweit, als ihr noch Feinde seht,
Soweit, als man in deutschen Zungen
Um Schutz für unsre Waffen fleht;
Auf, Krieger Gottes! fechtet muthig
In diesem großen, heil'gen Streit.
Der Kampf sei feurig und sei blutig,
Die Losung aber: Einigkeit!

Daß Keiner jetzt von Hessen, Sachsen,
Westphalen sprech' und Oesterreich,
Wir sind aus Einem Stamm gewachsen,
Sind Deutsche, sind uns Alle gleich!

Daß Keiner jetzt von Ständen spreche,
Von Adel, Bürger, Bauersmann,
Und so die Einigung zerbreche,
Die Deutschland einzig retten kann!

Kein Edler hat es je gebill'get,
Daß deutsche Brüder sich entzweit;
Doch diese Unthat sei vertilget
In ewiger Vergessenheit.
Kein Schuldiger soll heut' erbeben
Ob dessen, was er je verübt,
Es sei vergessen und vergeben;
Wie Gott uns unsre Schuld vergibt.

Denn Alle tragen diese Sünde;
Wer fühlt von Schuld sich ganz befreit?
Wir waren Alle arme Blinde,
Verführt zu diesem Bürgerstreit.
Drum sollen Alle sich erbarmen,
Der Herr hat es zuerst gethan!
Als Brüder herzlich sich umarmen
Und fortzieh'n auf des Sieges Bahn.

Was hat die höflichen Barbaren,
Das Frankenvolk, so groß gemacht? —
Nicht haben ihre Kriegesschaaren
So tief in's Elend uns gebracht;
Es war die Teufelskunst, die Lüge,
Sie riß entzwei der Einheit Band,
Ihr danket Frankreich seine Siege
In unsrem starken deutschen Land.

Doch dieß sei nun vorbei für immer!
Das schwört bei früher Helden Tod!
Ach! denen zur Befreiung nimmer
Ein Bruder seine Rechte bot!

XII.   12

Die Zwietracht, dieses Ungeheuer,
Stürzt nieder in die alte Nacht.
Dieß sei der Freiheit Jubelfeier,
Dem Vaterlande dargebracht!

IV.

Das Lied von der Freiheit.

Es hat sich Deutschland nun erhoben,
   Und Deutschland wird sich nun befrei'n,
Ein hoher Ruf ging aus von Oben,
   Dem Vaterlande sich zu weih'n.

Die Fürsten haben sich verbunden,
   Die Völker folgen ihrem Wort,
Sie fühlten Beide tiefe Wunden,
   Und eilten Beide stürmend fort.

Wohl drängte Zwang und falsche Sitte
   Sich über unsern alten Rhein,
Vergiftend sich in unsre Mitte,
   Verderbend in das Land herein.

Die Treue floh uns und der Glaube,
   Und was dem Deutschen heilig war,
Tyrannenklauen ward's zum Raube
   Und drohender wuchs die Gefahr.

Und hoch und höher war's gestiegen,
   Da brach die Fluth das enge Haus,
Wir sah'n den nord'schen Adler fliegen
   Vom sieggewohnten Kaiserhaus.

Drum auf, ihr Deutschen! zu den Waffen,
    Zum Kampfe für das Vaterland;
Die Freiheit können wir uns schaffen
    Nur mit dem Schwerte in der Hand.

Das Hohe kann sich nur gestalten,
    Da, wo ein freies Leben wohnt,
Nicht aber, wo Despoten walten
    Und fremder Herrscherwille thront.

Uns soll die Frank'sche Macht nie zwingen
    Mit übermüthigem Gebot,
Nach Freiheit, Brüder, laßt uns ringen,
    Ja, Freiheit, Brüder, oder Tod!

V.

Kriegslied für die zum heiligen Kriege verbündeten deutschen Heere.

Von Werner.

Gott mit uns, wir zieh'n in den heiligen Krieg!
    Gott mit uns, dann zieh'n wir zum Siege!
Er hat unsern Waffen verliehen den Sieg,
    Er berief uns zum heiligen Kriege,
Er hat uns geführet die blutige Bahn,
Er hat Wunder der Schlachten durch uns schon gethan!

Nur ihm sei, nur ihm, und nicht uns die Ehr',
    Nur ihm, dem wir siegen und fallen;
Die Schmach — schon war sie zu tragen nicht mehr —
    Da ließ er den Feldruf erschallen;

12*

Und sein Ruf, hoch hat er das Herz uns erfreut,
Daß wir freudig zieh'n in den heiligen Streit!

So viele Jahrhundert' die Welt schon steht,
   Sind Ströme des Blutes geflossen;
Doch seit um die Sonn' sich die Erde dreht,
   Gerechter wohl keins ist vergossen,
Als was wir vergießen das treue Blut,
Zu bekämpfen den frevelnden Uebermuth!

Nicht um Weib und Kind nur, um Hof und Haus,
   Nicht um Länder zu beuten und Kronen,
Zieh'n wir in den Krieg, den gerechten, hinaus,
   Denn die Beute, sie kann uns nicht lohnen;
Unser Lohn ist: die Menschheit — die Frevel zertrat,
Sie zu retten durch männliche deutsche That.

Dann gibt es nicht Preußen, nicht Oestreicher mehr,
   Nicht Baiern, noch Sachsen und Hessen,
Wir Alle sind nur Ein deutsches Heer,
   Was uns trennte, wir haben's vergessen;
Wir Deutsche, wir reichen uns Deutschen die Hand,
Nur der Deutsche soll herrschen im deutschen Land!

Die die Newa, die Themse, die Weichsel, den Sund,
   Die den Tajo, die Tiber umwohnen,
Sie schlossen mit uns für die Menschheit den Bund,
   Die Sieger der fernesten Zonen!
Der Jammer muß enden! Die Menschheit befrei'n
Oder sterben; wir wollen's im treuen Verein!

Der Rhein nicht länger in fremder Schmach,
   Soll er rollen die köstlichen Fluthen,
Und Rom, die der Welt einst Gesetze sprach,
   Soll brechen die sklavischen Ruthen,

Und frei soll werden das göttliche Meer
Durch Deutschlands und seiner Verbündeten Heer!

Die Kaiser, die Führer zur Siegesbahn,
    Franz, Alexander, sie leben!
Georg, Friedrich Wilhelm und Maximilian,
    Die das Banner des Rechtes erheben,
Und all' ihre Helden, sie leben hoch!
Sie leben den spätesten Enkeln noch!

Mit ihnen wir setzen das Leben ein,
    Wie der Sänger hat herrlich gesungen,
Dann wird uns das Leben gewonnen sein,
    Uns Völkern von allerlei Zungen;
Das wieder entblüh', was der Feind uns zertrat,
Durch Macht und Wahrheit des Friedens Saat.

Und wög' er allein ein großes Heer: —
    Der Held, der die Welt hat gequälet, —
Seiner Opfer Thränen, die wiegen noch mehr,
    Die der Heerschaaren Herr hat gezählet!
Eine Meerfluth wogte der Thränen Gewicht,
Doch Gott sprach: bis hierher und weiter nicht!

Und die, für ihn fallend im heiligen Streit,
    Mit blutigem Lorbeer sich kränzen,
Sie werden Gestirne der Herrlichkeit,
    Noch den fernsten Geschlechtern erglänzen;
Wie Louise, *) Ludwig **) und Leopold ***)
Unsern Schaaren voranglüh'n im ewigen Gold.

————————

*) Louise, Königin von Preußen, das schönste Opfer
    des Kriegs.
**) Ludwig Ferdinand, Prinz von Preußen.
***) Leopold, Prinz von Hessen-Homburg.

Drum Hermann's Enkel, auf, auf zur Schlacht!
Wo der Bund ward, der erste, *) beschworen,
Sei der zweite Verein jetzt der Deutschen gemacht,
Und mit Gott, den zum Schild wir erkoren.
Das Feldgeschrei sei: Alte Zeit wird neu!
Und die Losung: Troß Teufel, die deutsche
Treu'!! **)

---

*) Auf dem Frankfurt benachbarten Feldberg schloß Hermann gegen die Tyrannei der Römer den ersten deutschen Bund.

**) Feldgeschrei und Losung sind aus Werner's noch ungedrucktem Trauerspiel: Kunigunde.

VI.

An die verbündeten Helden. *)

Die Retter und Beschützer deutscher Freiheit.

Ein höh'rer Geist hat, Mächt'ge, Euch ge-
leitet
Zur großen That, zur größten in der Noth.
Mit heil'ger Eintracht habt Ihr Euch bereitet,
Und diese Einheit will und segnet Gott!
Mit Lieb' und Dank hat sie die Welt gedeutet. —
Dieß Bündniß ist der Menschheit schönster Sieg,
Und rühmlicher war nie ein deutscher Krieg!

Nur Helden streiten für — gerechte Ehre,
Für Menschenheil vergießen sie ihr Blut,
Und Menschenliebe adelt ihre Heere,
Und Glaub' an Gott begeistert ihren Muth. —
Daß sich das Reich des Guten mehre,
Und Freiheit siegt, — dieß will der ächte Held.
Durch Sieg beglücken, — dieß ist seine Welt.

Der Nichtheld raubt; — zerstören und ver-
nichten, —
Ist seiner Thaten niedres Waffenspiel.
Die Willkür herrscht; es schweigen alle Pflichten.
Für Thränen hat der Unmensch kein Gefühl.

---

*) Fliegendes Blatt.

Er will nicht segnen, — nein, er will nur —
richten. —
Um zu begründen den geraubten Thron,
Ermordet er die ganze Nation. —

Fluch diesem Heros! diesen Anmaßungen!
Die er in jedem — Donnermanifest,
Als hätte er die Himmel selbst bezwungen,
Im Herrscherton, Euch, Fürsten, hören läßt,
Als hätte er den Sieg für sich gedungen!
Des Pöbels Sprache führt des Kaisers Mund,
Und nannte Unsinn jeden deutschen Bund.

Selbst in die Gnade mischt er harte Töne;
Denn sein Verbündeter ist nur — sein Knecht.
Daß jeder sich zur Sklavenfrohn gewöhne,
Dieß will er nur, dieß nennt er — Kaiser-
recht. —
So treibt ein Haustyrann die biedern Söhne,
Weil in dem Innern keine Liebe glüht.
Verschlossen ist das eiserne Gemüth.

So wird er ferner sich — der Korse — zeigen,
Wenn Ihr nicht wachsam seinen Groll beschränkt.
Jetzt wird er sich zu Euren Wünschen neigen,
Und Freundschaft heucheln. — Glaubt ihm nicht —
und denkt:
Daß nie in ihm die Rachgefühle schweigen,
Daß diese Schlange — ewig Schlange bleibt,
Euch trennen will, — und dann Euch wieder treibt.

Nun haltet fest an dem Heroenbunde!
Nur er schützt bleibend Thron und Vaterland.
Ein deutscher Sieg ist jede That und
Stunde,
Die uns erhält dieß treue Geisterband.

Sein Ruhm ertönt aus jedem deutschen Munde.
O! bleibt Ihr nur zu — einem Zweck vereint,
Dann siegt das heil'ge Recht, — dann siegt kein
Feind.

Und Liebe, Liebe herrscht in allen Seelen
Für Euch, Unsterbliche, so groß und gut!
Der Treue Opfer könnet Ihr nicht zählen.
An Eurer Kraft erglüht des Volkes Muth.
Und Keiner will bei diesen Opfern fehlen,
Und Jeder eilt in den gerechten Krieg,
Und Jeder singt der Nachwelt — Euren Sieg!

Inhalts-Verzeichniß
aller zwölf Bändchen von „Volkswitz über Bonaparte."

Erstes Bändchen.

Achtes Bändchen.

Neuntes Bändchen.

Zwölftes Bändchen.